代雨东诗词三百首

代雨东 著

作家出版社

代雨东

1966年6月18日生，安徽蒙城人。中国作家协会会员，兼任中华诗词学会副会长、中国扶贫开发协会副会长、全国青联常委、北京大学公共政策研究所研究员等职。

著有：诗词集《代雨东诗词选集》《清诗谭》《风诗人》《雨珍集》《雪影集》《花影集》《一叶春秋》《月寒录》《残墙录》《古风漫记1》《古风漫记2》；经济学作品《二十一世纪中国商业主框架运行思想》《中介商业论》《主权商业论》《人本商业论》；长篇小说《白墙》。

目 录

透碧霄·济南行

　　万枝浓。一宵眠罢看楼空。铁车带我，翻山开岭，一路花红。喜迎知己，翩翩来早，衣带飘绒。走泉城、读罢千峰。故人来尚晚，三杯陈酒，醉入花丛。

　　枕香蒙夜幕，朦胧春远，又是月重重。起步间、无心看，更尽处处香踪。不思记忆，依然乡近，滴水咚咚。返窗前、情若游龙。待天明时候，重整新袍，再指成功。

2019 年 04 月 27 日

倒犯·无题

　　拂晓、对花魂逼香，直招回鸟。春间地老。梨仙雨、惹云多少。孤塘柳影、听到蝉鸣田中小。几束冷寒风，晨早来时好。海棠摇，独添窈。

　　人醉晚归，旧话私聊，空闻明月照。忆罢去年事，忘情切，神享悄。独自恋、无声俏。燕飞来、谁在丛中笑。我欲问苍穹，却见烟来到。巧莺枝上叫。

2019 年 04 月 26 日

楚宫春慢·跌宕谣

　　春风荡漾。柳飞野湖边，荷动池上。俊鸟戏枝，欣与花香同唱。独在空舟问酒，醉这景、心中舒畅。忘却人生，似有了、无限知音，共待前途明亮。

　　回眸万壑，难忆那、来时江湖模样。披月戴星，还记悲伤难忘。多少豪情杳去，看四海、常掀波浪。万念成灰，应未误、谈笑风云，跌宕并非惆怅。

2019 年 04 月 25 日

曲玉管·重庆钓鱼城

　　碧水滔滔，风缠细柳，江声尽处春潮动。兀立高坡之上，山远晖虹。傲无穷。战斗经年，兵民粮绝，野蛮伎俩难成梦。客死城垣，再让谈恨消融。欲如空。

　　静看今朝，雨飞处、城关苍老，却添几许春香，迎来阙外飞红。已成功。有楼栏千万，更见天边归月，照妆新市，这等乡愁，浩荡兴隆。

2019 年 04 月 24 日

倾杯乐·红心

　　一夜清愁，半天云动，何时又梦窗外。玉杯酒溢，冷桌剩菜，只任余香败。人生得意欢多少，月比残阳快。还听醉患，才执笔、再让豪情轻迈。

　　万赖。与谁别后，挑灯禅走，空向春风拜。任我纵江湖，误途凭雨打，心情常坏。志起难留，野空悬剑，岂止能安泰。涉沧海。无尽处、红心未改。

2019 年 04 月 23 日

双声子·忆志

　　一关春老，百花香渺，风吹长夜归人。池塘鱼散，清晨闲雾，江天尽是浮云。梦中空远鹤，难解我、清酒三巡。糊涂事，走天际，偏来穷道红尘。

　　故人行，临别无绝日，难熬几度销魂。青春常走，虚怀常累，犹喜帐外三军。志飞任国界，还纵横、专破昆仑。如非敌阵成疆，定消十万瘟神。

2019 年 04 月 21 日

七绝·修志

欲教壮志卷风烟，笑傲江湖三十年。
拔剑方知天命少，一壶诗酒煮清泉。

2019 年 04 月 20 日

情久长·上海

浦江一去，滔滔劲水幽情乱。浪绝处、恨春多少，忧喜参半。孤舟航远影，带走那、天际群星璀璨。举头望、豪情四射，指罢风光，明月里、低声叹。

知己风流，约我来江畔。笑野火、怕如灯灭，一走人断。花香起舞，任君杳、长夜多扶桌案。俏眉动、霞飞万里，四海无涯，空怅惘、红心变。

2019 年 04 月 19 日

花犯·无题

醉朦胧，春逢知己，欢杯合肥地。畅谈之际。正忆想当年，威海飞翠。知音话语球间议。无心情欲寄。同举首、孤城三月，春风浓雨季。

今年百花绽茫茫，风云满树挂，一天香气。心酝酿，斟途事、未变兄弟。游沧海、绝诗大地，读《三国》、细思披褂起。待水变、一挥长剑，新人身后倚。

2019 年 04 月 18 日

玉漏迟·莆田行

　　和风吹久远，海天一线，莆田情散。知己色穷，只为凡人金变。无奈早书诗卷，唱一曲、归心如箭。无薄面。宽宏①师父，未留忧患。

　　临行满目秋思，依然是空峰，未登禅岸。佛界路遥，凡我焉能窥宴。长拜龟山湖畔。香万炷、难挥缘断。人别恋。谁能让情空伴。

2019 年 04 月 17 日

---

①　宽宏：作者的师父，作者是宽宏法师的俗家弟子。

东风第一枝·亳州

　　亳阙春风，吹香千里，只缘梨滩花引。百枝争艳时光，正是满城妆粉。万园斗翠，遍地间、销魂难忍。问河柳、扬首何如？景色要人心紧。

　　知己来、乱了方寸。忙煮酒、把杯相问。叙空旧事当年，笑谈人生归隐。三巡醉后，迎雨急、风来翻滚。挽手处、指点江山，便有几声雷震。

2019 年 04 月 16 日

留客住·合肥

百花闹。已晚春、合肥香绕，故人千恋，总是花来意到。当年旧貌何去，国际都市，残阳湖上照。江山美丽，论风流、祖国尽争骄傲。

有多妙。众友聚时欢，临行一笑。醉罢空空，走到河边人杳。舟横影斜难找，举目伤感，轻风归也俏。私情已矣，去年心、待我走前相告。

2019 年 04 月 15 日

逍遥乐·贵州神游

　　初忆贵州魂绕。再到茅台，空醉夜间年少。会址神游，扭转乾坤，再把三军关照。雪山音杳。草茫茫、绝地豪情，苦辛难道。两万五千哉，举首含笑。

　　知己相陪微妙。友人歌声亦俏。风吹更清醒，云走罢，旧愁老。关山问去处，遥望帝京难料。乡愁万千知我，花香来报。

2019 年 04 月 14 日

醉蓬莱·游茅台酒厂

渐缓停楼下，重整衣衫，忽来香散。游罢车间，看茅台文远。古往怀仁，陈年酿法，尽红心如灿。又品仙泉，味香透骨，春风千万。

离别回眸，余甜在耳，犹谢知音，红颜轻唤。魂绕佳人，有忆谁千遍。住进幽乡，再抬美酒，举新杯难劝。长夜滔滔，朦胧未醉，讴歌情变。

2019 年 04 月 13 日

八声甘州·国力吟

　　北国豪情好比长城，无处不飞鸿。万里挥缰远，威风拒敌，碧血添红。看我江山永固，铁壁万千重。代代风流士，犹若藏龙。

　　遥想当年贫瘠，列强欺中土，多少寒冬。恨十四年抗日，战火染千峰。现而今、风骚绝唱，大中华、遍地是惊虹。神闲矣、如今强大，张力无穷。

2019 年 04 月 11 日

七绝·夜行吟

长夜花香沁入晨，风霜雪雨沥平身。

为商十载无荣贵，却成不眠夜行人。

2019 年 04 月 10 日

满庭芳·厦门行

　　为逐风云，厦门访友，笑商大业艰难。夜深来晚，举酒共联欢。知己仙居异国，飞长夜、未惧关山。寻新路，凝神聚气，妙计出连环。

　　明年。抬望眼，前途似锦，盛况空前。结天下豪迈，共踩云烟。今日返回京阙，招旧部、亮剑高悬。还思量，帐前风月，醉后忆红颜。

2019 年 04 月 09 日

尾犯·拜周笃文先生为师有感

少小别乡亭，千里万途，风骤人啸。创业艰难，吉星长高照。有闲暇、诗书在枕，读《春秋》、无声美妙。寄情挥笔，思绪逢泉，常揣其中窍。

如今天赋老，好似学终将到。无奈江郎，却怜心空傲。名师送、春花淋雨，拜文星、星来正巧。三杯御酒，饮罢写尽知音俏。

2019 年 04 月 08 日

醉翁操·别龟山[①]

空山。谁弹。悠然。响风前。无眠。声声话别三更天。一路偏奏轻泉。音似弦。幽境若回仙。意在舟上犹自闲。

醉眸恨旧，还忆清怜。几杯饮后，长夜难熬欲寒。问罢佳人还潸。独向湖边栏杆。无心添笑颜。高穹来飞烟。谁在此时迁。去年疑住云雾间。

2019 年 04 月 07 日

---

① 龟山：福建省莆田市境内。

八六子·北国之春

　　望氤氲。直融天际，风云卷尽春魂。七色蝶儿舞华夏，这般山河壮丽，皆能动摇彩云。

　　回眸北国清晨。正是万山俱静，百花遍地香人。叠翠绕青峰，春红无极，细香烂漫，敢染昆仑。长城也、万载巍峨不变，保全千代家门。伟途新。挥鞭再征远尘。

2019 年 04 月 06 日

鱼游春水·国范

　　风光传旖旎。已是春天红着意。异乡北国，南国也能相比。万岭雄松支正气，千市花开情难寄。城影梦来，江山神气。

　　回首千年永记。一世风骚惊玉帝。如今强大风流，河山美丽。又绘成一带一路，有此豪情谁能替。荣臻四海，万邦兄弟。

2019 年 04 月 05 日

醉思仙·杭州

半天香。正春来四月，此季无双。看鸳鸯戏水，唯惹池塘。鱼游处，霜时远，让尔尽梳妆。举残杯，自上酒，夜深独悟轩窗。

闲理西湖柳，岸边坐品情殇。被风吹人冷，醉醒神伤。回房去，挽书老，负手远、度文章。这和风，又撩我，欲眠一梦还乡。

2019 年 04 月 04 日

江城梅花引·杭州

　　西湖三月百花香。妙文章。好文章。十里岸边，一路柳先黄。再看翠波长映月，湖上水，变无常、杳似江。

　　早妆。早妆。动忧伤。也彷徨。魂断肠。乍想历史，宋帝阙、千变沧桑。回望今朝，发展若飞缰。顽劣已追黄鹤去，驱海内，远千山、着盛装。

2019 年 04 月 03 日

华胥引·飞杭州

飞机推远，南赴杭州，白云冲散。碧色蓝天，还听铁翼如滑伞。一瞬千里风光，幻苍穹人远。划破无痕，劲鹰多少难辨。

将近西湖，看明月、灿辉千万。整了行礼，急忙书前抚案。回首佳人昏睡，看轻挥香汗。空姐通知，此时已到归岸。

2019 年 04 月 02 日

七绝·武汉东湖偶得

虚幻沉浮逝水东，人生漫道憾无穷。
他年日暮归何处，闲做平湖一钓翁。

2019 年 04 月 01 日

惠兰芳引·武汉

　　风紧露飞，大江吼、一群舟早。雁鸣绕东湖，多少去年苇老。百花欲绝，散不尽、红香人倒。细柳添黄色，直叫春来愁少。

　　故友知音，琴前难找，又忆谁好。影杳已何时，惹我四年未笑。将回京阙，引吭长啸。啸我空、空等异妆残照。

2019 年 03 月 31 日

梦玉人引·哈尔滨

　　春色难觅，哈尔滨，好风景！三月环游，未见北国清冷。再看龙江，雪后飞、遮尽岸边径。一袭花衫，让我窥红杏。

　　醉人归晚，歌不完、依旧辨花影。乍醒时分，新志十万初定。逐梦山河，金枪无情行。任谁挡前程，横绝处、必操全胜。

2019 年 03 月 30 日

最高楼·哈尔滨

春色好，遍地满枝红。天黑怕临风。龙江浪漫雪花里，清晨飞落逝如空。纵无穷，心未静，美相同。

半宵梦、霎时间影动。故人去、问君谁欲痛。长夜苦、忆难容。不将此意幻成恨，只缘明日为红绒。正天低，三月雨，恋香浓。

2019 年 03 月 28 日

柳初新·忆

　　北疆大地春声紧。花烂漫、香成阵。翠生无限，风情四溢，还有万千霜印。低照千山红尽。这风骚、江河难认。

　　又在堂前悄问。问何人、捎来鸿信。信中思我，长相爱恋，恋罢却言才恨。已杳矣、三江红粉。怎如那、玉颜轻吻。

2019 年 03 月 27 日

七绝·别母

别祖离乡欲远航，满城金甲一身黄。
他年得志归来早，手捧丹心奉老娘。

2019 年 03 月 26 日

御街行·游重庆渣滓洞

　　春来四月花香满。渣滓洞、风声乱。游人如织顶峰多，回首枝头迷眼。英灵江姐，百年魂杳，犹忆红戎短。

　　聆听烈士鞋痕返。喜祖国、灯千盏。如今宏志寄豪情，雄伟征程重演。凝眸奋进，伟途无限，谈笑红歌远。

2019 年 03 月 25 日

金人捧露盘·重庆行

走他乡。眠人早,梦无疆。子夜事、唯独神伤。梦前梦后,此生记忆两茫茫。什么事业,竟然是、一阵花香。

约新友,举老酒,平明醉,度文章。写尽这、半世沧桑。东来紫气,再披新甲换戎装。高山雄立,唤长剑、横扫千帮。

2019 年 03 月 24 日

红林檎近·春梦

　　昨夜慰明月，今宵闻软香。举酒约知己，平明问池塘。那堪宴前悄问，唯有人后梳妆。这般异样时光。心酸到秋黄。

　　振作欲仗笔，无计可还乡。风流不在，何来妙语文章。哂然回书屋，长嗟寂寞，梦凉长夜思断肠。

2019 年 03 月 23 日

山亭柳·离别吟

　　还演销魂。复看别时身。观一遍，湿罗巾。勿再让人回首，只因又是阳春。记得前年今日，爱若行云。

　　夜来寻酒邀明月，三千梦意醉如宾。伤离恨，在船村。总有许多憾事，为谁几世重温。道上风尘挥泪，挥到黄昏。

2019 年 03 月 22 日

阳关引·上海惜春

　　欲别千杯酒。艳洗山川柳。虹霞雨过，沉思我，梦归走。望半城老雾，又绕身形后。恨也难，常问自己命将朽。

　　临行蓦回首，情亦旧。叹东江水，风还急，催人瘦。几梦三关远，再看花红透。这落魂，城阙一瞬晚风骤。

2019 年 03 月 21 日

祝英台近·离合肥

　　合肥游，描春色，大地已回暖。故友相邀，一醉人归晚。早晨追忆黄昏，举杯狂饮，挥洒处、空迷睡眼。

　　负手远。窃乘高铁飞行，蓦然雾成幔。上海徐徐，又把知音唤。莫言新酒无声，横眠难起，梦不尽、浦江浪断。

2019 年 03 月 20 日

侧犯·春悟

　　早晨车景，外窗一路忙成影。难静。看见故人空走花径。何来暮色客，直让相思病。情定。古事得失前辙之镜。

　　沧桑巨变，正是新情冷。凭念醒。半生寂，重讲任谁听。这样心思，怎能决胜。春去秋回，此心晶莹。

2019 年 03 月 19 日

婆罗门引·仲春

夜还明月，香魂又度晚来风。此时海内城空。缘是花飞如动，开罢绕无穷。院里池塘梦，迷雾重重。

爱君不同。几点苦、笑寒宫。只是常来春色，才见滩红。风高情笃，恋人惋、河水暮朝东。皆去矣、前路朦胧。

2019 年 03 月 18 日

碧牡丹·咏春

　　夜举陈年酒。千味有，徐抬首。这份飘零，又伴春后黄柳。只为谁愁，好在留痴友。是君忧，是君守。

　　正新瘦。香恨还依旧。常藏泪痕同昼。只有春红，昨夜爱沾衣袖。点点乡愁，总在斯人后。看花休，叹花秀。

2019 年 03 月 17 日

解蹀躞·春

春色依稀来到，香影纷飞荡。夜寒难耐、江湖滚波浪。正是春早时光，大千世界风流，独嗟人怅。

变模样。此地无言悲壮。伤心总无望。况知明月、三年少方向。今日举尽沧桑，更兼冷酒残杯，寄声鸿上。

2019 年 03 月 16 日

七绝·游荥阳

不闻昔日鼓声锵，结义桃园举酒觞。
广武山前悬楚汉，鸿沟一道设炎凉。

2019 年 03 月 15 日

忆帝京·人杳

昨夜梦君千山远。醒后与谁情断。一去不曾归，独自嗟无伴。叹罢各相思，晚急风吹懒。

凉岸上、故人魂散。又看我、心情如患。这些思量，无边愁雾，直让此恨空飞面。总算半窗香，惹动池前燕。

2019 年 03 月 13 日

青玉案·长城长

　　北疆千载装成网。万里远、驰良将。广袤江天空魍魉。这般伟业，春秋榜样。大地常歌唱。

　　如今举国融军港。敢让长城接屏障。直叫列强都胆丧。神闲气定，安然无恙。再笑残风浪。

2019 年 03 月 11 日

感皇恩·石家庄访友

　　燕赵矗高楼，楼台生峭。车马喧嚣绕城早。几堤垂柳，初绽黄声如妙。故人轻唤我，晨来到。

　　不问商途，客居含笑。只待天边夕阳俏。一壶美酒，相约知音欢闹。夜深归帝阙，残星照。

2019 年 03 月 10 日

七绝·励行吟

疲惫经年游四海，餐风宿露笑寒星。
仗提三尺凌云剑，宏业无成纵不停。

2019 年 03 月 09 日

谢池春·无题

壮志凌云，看我对天长啸。宝刀兮、经年未老。东征西战，只任红旗到。站山巅、五湖谈笑。

功名梦灭，切哂书声如杳。待明朝、重妆旧貌。铁枪无敌，又将功来报。傲群妖、雨风飞俏。

2019 年 03 月 08 日

渔家傲·北京之春

　　香绕风中冬已老。寒飞四野花来了。满目翠声真是好。人在笑。百峰争艳千山俏。

　　春色早归浓悄悄。细听河柳还年少。此刻风光无限妙。常言道。草青时节残阳照。

2019 年 03 月 07 日

定风波·春

　　隔岸观花几遍红。书生栏下负从容。多少旧缘多少梦。真痛。都融昨夜月明中。

　　千变英雄情未动。低颂。仰望天外过飞鸿。谁让伊人心不懂。沉重。任君无际纵花浓。

2019 年 03 月 06 日

玉堂春·上海

沪城春梦。总有幽香神送。去水滔滔，绝地飞鸿。暗恋重重，问雨谁能懂，撩看痴心一点红。

更有良辰醇酒，新情垂几穷。洒洒潇潇，直让人眠晚，无限风流任是空。

2019 年 03 月 05 日

苏幕遮·上海

碧遥遥，波上唱。渔晚晨歌，人向江边望。
曼舞风云雄气壮。回首无端，正在眉尖上。

忆多多，无限想。夜夜闻箫，已把春房忘。
要是书生神采爽。便把豪情，震得枝头响。

2019 年 03 月 04 日

锦帐春·上海

　　浦水争流，万帆摇倩。雨云歇、残阳如练。任销魂，无数怨，岸边还相恋。时光飞溅。

　　忆想当年，俩人情变。寂寞处、自怜且叹。问何期，伤已晚，诉说千万遍。江湖恩断。

2019 年 03 月 02 日

醉妆词

这边挂。那边挂。旧雨东楼下。那边挂。这边挂。不许来年嫁。

2019 年 03 月 01 日

望远行·变黄

昨夜痴心梦入霜。人歇梦中央。数年成就半身伤。难以顾家乡。

情未走，爱无疆。一同风雨梳妆。柳青江海任飞扬。堪有晚梅扮刚强。不忍别离后，趁冷变花黄。

2019 年 03 月 01 日

七绝·回乡

别时一步几回头，故国新城爱未收。
古韵风情评古井，轻车万里戴乡愁。

2019 年 02 月 28 日

唐多令·忆君

　　多少旧闲愁。滔滔江上流。欲上眉、却掉心头。月下念君君好否，夜夜盼、几时休。
　　黄雀信枝游。佳人泛浅舟。水东流、万念含羞。难忘倩香成玉影，魂难找、恨难收。

2019 年 02 月 27 日

归自谣

花朵朵。临月此时偏笑我。含情脉脉人儿可。
风寒露冷披衣坐。闻雁过。教人夜夜清眉锁。

2019 年 02 月 26 日

一剪梅·思梅

一剪梅花千变身。落地枝新，最恋痴人。未赢春色总撩春，梦伴销魂，直惹清晨。

子夜东窗爱欲真。抚案三番，未负良辰。写成词句诉红尘，哪里飞云，惹我重温。

2019 年 02 月 25 日

七绝·创业

漫将宠辱笑平生，北战南征乱未停。
风采几多言不尽，诗兴夜夜话峥嵘。

2019 年 02 月 24 日

双头莲·蚌埠

　　淮水之滨，惊往昔珠城，万般孤傲。千年一啸。日月里、消尽当年残照。梦断岸上熙熙，听河风烟老。谁预料。一个情缘，崇山峻坡喧闹。

　　今日市内繁荣，咏郊区秀水，相相称妙。相相重要。念此际、百姓安居欢笑。已是梦幻仙都，正仙风环罩。书未尽，政顺人和，山川俊俏。

2019 年 02 月 23 日

国香·上海

十里洋场。记百年旧耻，辱史难藏。犹忧列强羞我，臭迹昭彰。记得华人与狗，大门高、不准挨墙。红旗卷骇浪，扫尽群妖，逃命仓皇。

普天开远景，像阳光雨露，万道霞光。扬眉舒气，尽是梦里潇湘。必又流芳千古，浦江前、满目华章。人民梦中笑，锦绣河山，国运飞扬。

2019 年 02 月 22 日

望梅花

今夜重逢秋鸟。翌日还嫌寒早。四季风光时恨少。

冷意蝉声相告。荷动小塘莲自笑。还笑残阳西照。

2019 年 02 月 21 日

相见欢

今宵醉了伶仃。雁声声。无奈风来难扫雾千层。

空惆怅。楼台上。望残星。又是遥听玉宇冷如冰。

2019 年 02 月 21 日

何满子

　　年少浑然成志，常怜月下花低。望断风云残景，羞听乌鹊声啼。今昔天涯仗剑，风骚不论东西。

2019 年 02 月 21 日

临江仙·江海路

昨夜凭栏遥望，犹听故曲思乡。满庭春色不来香。已怜人在外，回首抚轩窗。

记得少年时候，前途暮色茫茫。常因风雨负红妆。半生沧海路，一世梦潇湘。

2019 年 02 月 20 日

甘州曲

柳丝扬。将醒早，野薇香。不能东墅孝高堂。
展翅赶他乡。此一去、沦落几重伤。

2019 年 02 月 19 日

采莲子

月下枝头醉未逢。荷移初动动花红。晚莲采子青蓬味，回首惶惶岸上空。

2019 年 02 月 18 日

一叶落·金边游

剑任亮。情千丈。一腔热血未曾放。举杯对月吟，扬眉豪心壮。豪心壮。试看英雄样。

2019 年 02 月 17 日

一斛珠·春志

骨清数载。喜迎严冷仍风采。襟胸宽广装江海。几变风骚，未把雄心改。

北国初春红欲在。异香将会游千籁。此情数次缠华盖。笑带乡愁，壮志凌云外。

2019 年 02 月 16 日

留春令·怕春游

百花将艳，柳堤生暗，人扶窗畔。疑是春风晚来迟，恨无限、曾相恋。

记得年年君未变。对江山生叹。何必来香总无声，又思去、遗情乱。

2019 年 02 月 15 日

河渎神·残梅

岸上落梅红。残枝空摇春风。遗香昨夜出花丛。留有清魂入宫。

问君是谁仍托梦。畅思秋来吟诵。莫为无缘才痛。年年挥忆相送。

2019 年 02 月 14 日

七绝·无题

矢志经年游四海，未成宏业不移情。
一生背负凌云剑，踏遍九州烟雨亭。

2019 年 02 月 13 日

一落索·雪与梅

　　一天飞尽鹅毛乱。直如群星散。怕听地远欲春风，惹雪缓、冰梢断。

　　院内续飞如幔。向红梅宣战。月怜大地照无妖，归府去、无遗患。

2019 年 02 月 12 日

喜迁莺·春

　　冬已别，欠梅红。香落遁无穷。谁将云雾过匆匆。几度笑寒风。

　　为情归，听春景。又忆年前冰冷。掀帘半瞥走惊鸿。窗外一园空。

2019 年 02 月 11 日

乌夜啼·挽寒云

昨夜无风雨，依稀梦见伊人。梅残香去冰融也，临岸欲销魂。

清早池塘飞柳，轻扬舞动新春。几番心意归苍阙，苍阙挽寒云。

2019 年 02 月 10 日

拜星月慢·无悔

　　醉后朦胧，数年归晚，已是须眉将变。大业无疆，惹君形还乱。看飞燕，未远、人生似这如此，却有征途千万。思罢当愁，恨谁低声叹。

　　再回头、幼子扶香案。高堂老、白发正相伴。惊醒梦中人眠，又流三身汗。找龙泉、只把豪情唤。披金甲、再斩愁丝断。登高处、畅阔无垠，万山风景换。

2019 年 02 月 09 日

花非花

情非情，爱非爱。勿说愁，不言坏。三千风月一帘诗，雨落幽窗云不怪。

2019 年 02 月 09 日

相思引·黄山读《红楼梦》

　　案上《红楼》翻已香。内藏颜玉夺红装。千杯醉罢，独自任环窗。

　　醒后取书知己走，不思此处为他乡，再扶床起，镜内巧梳妆。

2019 年 02 月 08 日

霜天晓角·春觅

新春妙际。一夜梅满地。知道应该换季，香味谢、任花祭。放弃。犹似戏。唯有输豪气。试问江山何在，轩窗外、情无计。

2019 年 02 月 07 日

桂殿秋·春破

冬色远，刮春风。又将子夜月明中。红枝欲破千疆冷，笑坏峰峦十万松。

2019 年 02 月 06 日

潇湘神·春香

云梦乡。云梦乡。百花已展万千妆。不是不思春色老，如今风月正飞香。

2019 年 02 月 06 日

渔歌子·春鸿

　　春后神州万里红。家家星夜梦和风。江山好，美无穷。天边飞回一千鸿。

2019 年 02 月 06 日

醉吟商小品·待花红

总是待花红，有意夜来提酒。醉舒长袖。再看梅香瘦。笑让清风猜透。云飞雨后。

2019 年 02 月 06 日

甘州曲·春梦还乡

暗临窗。春色动，柳飞扬。风声拈我看花黄。总笑我梳妆。一夜梦、思绪欲还乡。

2019 年 02 月 06 日

章台柳·春柳

河边柳。河边柳。只带春风岸上走。已忘秋迁逼酷来，又在扬飞几千手。

2019 年 02 月 06 日

宝鼎现·春节颂

千山万水，内外长城，东疆西岸。皆尽是、红灯高挂，旗帜飘飘云上幔。看峰远、浪翻三江秀，九万江山瞬变。念月明、赐辉天下，如此惊穹浩瀚。

户户准备新年饭。庆团圆、鱼鸭登案。还喜得、家家孩子，抬手烟花燃宇畔。电视里、百花争艳绝，忘岁人儿竞看。又乍听、鞭炮劲放，响入高云飞绽。

来看此等情缘，非往昔、河山红遍。正风流、回首神州，光阴似电。论强盛、百邦兴叹。直让人民赞。我的国、奋进高歌，正向前途开战。

2019 年 02 月 05 日

七绝·春晚

五光十色流华灿，万韵千姿入庆缘。

难忘今宵天不夜，神州一望太平年。

2019 年 02 月 04 日

惜分飞·风中

　　昨夜梦君挥长袖。长袖飘香依旧。风起佳人瘦。叹无妙语轩窗后。

　　唯有堂前狂举酒。醉脸如梅红透。今日搀君手。笑朝岸上风中走。

2019 年 01 月 31 日

七绝·悟念

万象心生皆入梦，醒来意念各西东。

何垂青史流年事，悟在无声岁月中。

2019 年 01 月 30 日

滴滴金·情灭

　　黄山故事情难了。伊人好、妙如窈。窗前凝眉月无声，胜似花间貌。

　　忽闻倩影夜来到。燕低叫，雀忙闹。寂中红颜恨天荒，百愁争相告。

2019 年 01 月 29 日

凤来朝·梅丢

昨夜凉风浅。小窗边、翠魂绕眼。冷香浓满地、枝前乱。梦君杳、却肠断。

叹罢无情谁变。这愁疆、万山魄散。待雨歇、登书岸。巧演赋、画归雁。

2019 年 01 月 28 日

雨中花·黄山情迷

　　雪压群峰影断。风绕林涛如幻。痴梦黄山千丈雪，雾落缝轻幔。

　　抬首千峦无彼岸。更兴叹、彩云多变。意渺渺、月明风景好，无限情人面。

2019 年 01 月 27 日

思越人·情纵

望苍穹，思不尽，书生壮志如鸿。指点江山风月里，闯关士气无穷。

何须解释春天梦。丈夫本色情重。只让风流前夜送。尽凭骏马绳纵。

2019 年 01 月 26 日

醉花阴·淮上伊人

　　千里淮河堤上柳。风动丝丝秀。人在照梅花，花在依香，人比前年瘦。

　　蓦然雨歇情依旧。君自扬衣袖。善舞抚栏杆，玉影无痕，雪绕红灯后。

2019 年 01 月 24 日

七律·逐梦山河

几回风雨过云川，沧海浮沉日月悬。

逐梦江湖凭正气，立身天地仗龙泉。

韶华不觉春将暮，逝水空嗟梦故年。

仰止青峰千重雪，坦然一笑付诗篇。

2019 年 01 月 22 日

燕春台·冬悟

　　清冷千穹，风嘶万里，新春将抚栏杆。梅谢留香，寒魂又入云烟。往来此景何年？盼春装、为睹红颜。桃花难耐，生机四射，欲破冰关。

　　人生低谷，几变新秋，正途道远，骏马无鞍。山河秀色，独怜铁镜高悬。峰顶环观，径连绵、锁定雄川。举金鞭。天下无难事，号令群山。

2019 年 01 月 20 日

蓦山溪·冬悟

冰寒四九，只恐春风到。那刻谢陈梅，依然是、冷香不峭。雁归三月，千里竞飞红，万山绿，百花忙，河上鱼虾闹。

人生多舛，未误田间笑。看若谷虚怀，四十年、纵情孤傲。暮秋常在，尽让任灰霜，大丈夫，志如钢，敢向狂风啸。

2019 年 01 月 19 日

早梅芳·有感于合肥诗词
朗诵音乐会

顶寒风，情未了。昨夜人行早。合肥云绽，欲写千篇故乡好。新城思旧事，少女披红袄。雁声无绝处，梅动艳香少。

漾诗魂，理乱稿。为我中华傲。群星助阵，各颂神州换奇妙。美词淹日月，绝艺空城笑。这风流，细品红又俏。

2019 年 01 月 18 日

洞仙歌·风云吟

风云际会，看知音千万。旧志经年未曾变。
任冰霜、催我豪杰情初，而今是，才就英雄一半。

前途妆锦绣，大志无声，只待东风夜来唤。
不必冲霄汉、帷幄文章，写四海、栏前谋愿。大
丈夫、当纵饮江湖，拔剑处、黄河急流挥断。

2019 年 01 月 17 日

于飞乐·合肥情疑

　　合肥情，非往昔，唯忆君乡。问何年、旧事无疆。为雄心，挥大志，几变行装。巨龙一展，入沧海、百炼成钢。

　　弃乡商，飞世界，多少凄凉。纵辉煌、只演沧桑。笑江湖，嗟丑美，唯绕愁肠。应吹玉笛，归田去、独颂风霜。

2019 年 01 月 16 日

新荷叶·在莆田龟山寺我与林光涵、林汉文三兄弟结拜有感

七彩祥云，绕行古寺三层。龙戏青松，带来仙雨虹声。佛光普照，龟山寺、气势峥嵘。惹人朝拜，群峰百鸟争鸣。

金碧辉煌，菩提点亮禅灯。千本经踪，悟人几世修行。殿前结拜，三兄弟、义结豪情。锦途遥远，前程无限光明。

2019 年 01 月 14 日

七绝·悼姨娘

北国冰封万里寒，临风逐影倚栏杆。
从此驾鹤归西去，一曲悲声一泪弹。

2019 年 01 月 13 日

长生乐·金剑啸

恰到中年忆故乡。多少暗神伤。志强何在，昨夜呓收藏。但愿平生无恨，独晒悲凉。闲云野鹤，无限秋风忘潇湘。

平明梦醒，白马凝缰。嘶鸣问我衣装。枪弃手、不见战旗黄。纵扶金剑长啸，扬鞭再辉煌。

2019 年 01 月 12 日

看花回·三亚惊魂

夜绕南疆释桂兰。香味如朒。又听窗外红花秀，一簇眠、数簇成滩。蔚然思梦爽，白浪催烟。

任爱京城"悟雨园^①"。堪恨芳颜。独闻空阙风声紧，应自怜、几次泪潸。淡妆晨别去，泣抚栏杆。

2019 年 01 月 11 日

---

① 悟雨园：作者的住所。

下水船·忆妻

　　君在相思地。留我三千情意。遥忆当年，帘前梦痴难计。两万誓。纵到天荒不弃。分别执手泪涕。

　　论佳丽。问有谁能替。天上寒宫常闭。仙气飘飘，无声引来云霁。纤腰细。暮送三江美景，难媲酥胸残玉。

2019 年 01 月 10 日

隔浦莲·懂恋

　　霜花飞尽梦变。北国香如绽。一月无风雪，梅依旧，开更灿。何必情似箭。凋如电。怕见春来乱？

　　听红散。沿湖觅鹳，直销船影无限。人迷柳岸，空忆南飞归雁。狂志依稀伏桌案。暗叹。今年谁懂相伴。

2019 年 01 月 09 日

撼庭竹·新征

挥袖十年未断魂。金枪舞风云。畅游天下雨纷纷。惊雷无处不临门。含笑释朋辈，眉上傲王孙。

今日风流念大恩。陈酒举黄昏。千山城阙鸣神雀，迎我戎装率三军。家国志书远，心动撼昆仑。

2019 年 01 月 08 日

解佩令·人变

　　冷冬时刻，又思春返。这时分、喜恨参半。幽想梅痴，释不尽、撩香花漫。差心情、任鸿飞远。

　　空听雁叫，玩书敲句，品江湖、难断深浅。耗尽风流，念此意、几番兴叹。忆红颜、笑吟人变。

2019 年 01 月 05 日

七绝·少年忆

少年何处忆清欢，多变人生崎路难。
九叠云开风雨过，不教壮志付空弹。

2019 年 01 月 04 日

喝火令·春令

　　看晚冬冰秀，观闲水冷湾。惹飞银鹤入云烟。难忘昔年陈梦，壮志汗红颜。

　　不论前年旧，而今铸铁鞭。应掀沧海战峰巅。再令三军，直破九千悬。问讯醉逢何日，只待捷书还。

2019 年 01 月 03 日

芳草渡·梅红

风云落，羡梅红。思幽远，幻花丛。无人心到柳枯中。寻雪冷，霜染怨，觅情空。

窗前梦，魂不动。一片春心忘送。三番恨，问苍穹。归鸿散。难想懂。月朦胧。

2019 年 01 月 02 日

瑞龙吟·2019——祖国颂

　　翔如电。华夏一试风流，疾书礼赞。千家欢聚团圆，风骚四海，神州灿烂。

　　不曾变。家国志途无际，未穷征战。还听一派笙歌，唱祥世界，挥红两岸。

　　仍看前途如锦，这番伟业，步强雄健。唯有小丑幺么，还白兴叹。千般寻衅，无理空刁难。风云紧、辉煌睿智，良谋出案。顷刻无豪患。任君去矣，空飞杳雁。看我冲霄汉。强国梦，江山金妆香漫。复兴在即，万山红遍。

2019 年 01 月 01 日

侍香金童·梅

朔风丝送，正是冰融缓。待绽梅花曾恨晚。怕让游人空望眼。唯叹星稀，又怪春懒。

此番多少憾，让诗情梦断。忆往昔、寒来香自散。敢让万千红影颤。因为多情，与雪相伴。

2018 年 12 月 31 日

破阵子·闹春

　　冬雀低鸣嫌早，我眠梦里平明。雪闹满山飞送爽，直让梅香喜出迎。几听雁叫声。

　　院内海棠叶败，池中冰厚霜轻。亭外几多枝不美，惹动春神三月情。欲添百草青。

2018 年 12 月 30 日

茶瓶儿·情飞如墨

曾托飞鸿捎远信。若初见、红心相问。情笃难分寸。最愁清夜，怕望霜声恨。

已忘眠时多少吻。三千梦、风尘无讯。回首京城近。妙词禅韵。新墨空挥尽。

2018 年 12 月 29 日

系裙腰·香尽

　　临窗寄水望湘江。寒鹤影、掠芦黄。江南无雪摧残叶，算尽新伤。香满地，杳无疆。

　　欲别长沙轻唤苦，三回首、恨声凉。问君此去留何物，叹有愁肠。更兼情碎，入沧桑。

2018 年 12 月 28 日

七绝·咏梅

万春纷谢不东风，雪点心香绕落红。

知己三更同醉月，居先一笑唤花容。

2018 年 12 月 27 日

小重山·纪念毛泽东同志
诞辰一百二十五周年

　　一统江山近百年。中华迎崛起、向峰巅。而今尘道再扬鞭。临绝顶，直破八千关。

　　回首又潸然。伟人归玉宇、不胜寒。九州今日未开颜。多少念，长夜望栏杆。

2018 年 12 月 26 日

木兰花·合肥怀旧

记忆总缠云雾上。百载人生空动荡。常梦断，去无踪，枕下栉风生细浪。

大业十年宏不尽。离别人香伤几瞬。风光无限悟来生，紫气润飞三万恨。

2018 年 12 月 24 日

七绝·雪吟

六出奇花路漠溟，无声密密击轩楹。

东君未破春撕梦，一夜飞琼埋玉亭。

2018 年 12 月 23 日

恋绣衾·苏州怀旧

又到江南问几商。夜茫茫、疑是故乡。看吴越、听西子，仰英雄、堪为国殇。

斯人一任风流路，这江湖、无处断肠。叹姑苏、游堤梦，醉当歌、歌动海棠。

2018 年 12 月 22 日

金错刀·魂静

吟风雪，夜归魂。三番坎坷一生辛。静心冷
对千般事，常在黄昏遇故人。

乘细浪，唤三军。人人随我入豪门。如今已
了凌云志，常劝闲来醉几分。

2018 年 12 月 19 日

望江东·雪

清早低吟一声啸。九域动、千江闹。豪情欲盖不相告。气壮也、风雷到。

翻书屈指春来报。北国冷、梅香傲。夜飘狂雪万山孝。直飘得、苍天俏。

2018 年 12 月 18 日

菊花新·月痴人变

秋去几时明月变。惹得菊香追似线。风急绕今宵，霜花泪、一夜飞散。

梦惊知己琴声断。笑人痴、旧愁还恋。离别忆无心，轻相劝、莫看归雁。

2018 年 12 月 17 日

七绝·雪村

平野谁添一点红，人间几许爱无穷。
依稀又是同君醉，落絮随风入梦中。

2018 年 12 月 16 日

多丽·菩提之光

欲成僧，世间本是皆空。忆如冰、阿弥陀佛，菩提灿烂如虹。本无尘、更虚梦境，悟千世、几再诗穷。玉露凋零，悲歌苦俗，苍茫法远用飞功。入禅定、梵音开我，度我忘归鸿。思不尽，凡间故事，万籁相容。

岸边人、百年旧恨，算谁穷尽朦胧。最关情、春妆秋意，拜菩萨、凉忆霜冬。打坐江头，寒欺佛笑，如来无际宇乘风。定未了、今生别后，来世悟成功。凭此愿，纵情佛界，任佛西东。

2018 年 12 月 15 日

青门引·醉后

乍醒还余酒。窗冷夜来风透。人听雪走悟霜飞，扶帘难受，又忆暗香秀。

知君十月妆谁瘦。总叹斜门后。怕闻菊老秋尽，宴前又失红颜旧。

2018 年 12 月 14 日

少年游·豪门前思

　　半生万里走风尘。处处是新春。多少知己，无私相助，三次脱清贫。

　　而今我临豪门处，满腹报恩人。但沐东风，雨归朋辈，还我少年魂。

2018 年 12 月 13 日

七绝·乡雪

柳注琼花玉泻尘，东风无私应时新。

晴开瑞雪丰年兆，天赐家乡一地银。

2018 年 12 月 12 日

兰陵王·成者路慢

　　江淮上。年少轻狂混唱。蛇龙会，偏竞高低，更在街边乱游荡。总无准方向。思量。匆匆臆想。风声过，几寸哲思，竟让豪情点千丈。

　　江湖走还爽。看几笑生死，也算酣畅。一丝玉树俏模样。登高寻诗句，层楼爱上，三千佳句早已忘。至今还惆怅。

　　现状。为情葬。怕听故人来，扰我心漾。此怜多少难原谅。错了三十载，应穷千杖。大志初起，举雷电，逐风浪。

2018 年 12 月 10 日

金明池·梦后痴如

　　明月飞凉，霜欺万里，北国千山魂散。飘叶尽、枝头空颤，花无影、百香早乱。鹤鸣声、子夜听风，雁过后、几滴寒流轻溅。这冰冷长宵，琴房又寂，怎不让人神倦。

　　总有窗前空思远。任一往情深，百年相伴。佳人杳、音容易醉，书生老、光阴似电。千杯睡、和枕而眠，梦昔日情多，万分依恋。忽晨雀啼催，忙提玉笔，谱写豪情千遍。

2018 年 12 月 08 日

摸鱼儿·冬悬志

怪寒风、惹人情变。叶飞遍野成患。秋深总恨冬来早，何况黄帘如幔。风刮乱。潇水处、几千白鹤惊东岸。初冰诱浅。看水底鱼怜，游缠荷骨，尾摆残枝断。

心常乱，总在窗前兴叹。又无淑女听唤。新妆锦绣堂前挂，几处屋檐飞灿。三十赞。君不见、腥风血雨嗟商战。而今谁伴。唯我战驹嘶，扬鞭奋疾，拔剑冲霄汉。

2018 年 12 月 06 日

贺新郎·修梦

月下情难了。看星柔、却藏寒意，青山披老。唯有花飞无人见，却说秋归太早。自然是、春风最好。回首雁鸣惊是影，五十年、多少眠中笑。晨醒后，叹荒草。

如今梦断人相告。见飞虹、红运猜到。一天雀笑。三变人生挥风去，豪定京畿长啸。算风水、暗谙奇妙。万里云霞迁玉照，织锦袍、长剑悬腰巧。千里走，一身俏。

2018 年 12 月 05 日

七绝·鹤梅戏雪

谁放琼枝万点红，倩姿韵入莽苍中。
琼飞鹤舞梅初绽，一夜仙歌唱未穷。

2018 年 12 月 04 日

瑶台月·双魂错

寒风吹柳，叶飞远，谁来将你滋润。清清冷冷，独有我才相问。问昔日、何等飞扬，叹今晚，三千余恨。年年走，归之瞬。伴雪变，离月近。残枝不老，春来舞尽。

忆西楼，诗稿焚烬。此刻思君寒几阵。饮到子夜酒，未知人困。怕相思、更怕听笙，看孤雁、何来鸿信？图弹泪，嗟红粉。玉影杳，几难忍。还丢念想，魂无分寸。

2018 年 12 月 03 日

梅花引·藏心

春秋梦。惊龙凤。半生坎坷任情纵。志无穷。恨如风。少年一别，剑气指苍穹。俱来知是英雄重。千里奔腾一鞭送。气追虹。赌豪胸。沉浮谈笑，倚柳看归鸿。

禅心颂。忘心痛。难消昔日为情动。脸飞红。爱新浓。问君去处，绝顶卧花丛。三千明月难听懂。十万风流无处种。正成龙。应从容。稳钓风雨，解甲唤红绒。

2018 年 12 月 02 日

霜叶飞·战情

　　雾声缠晚。无痕远，窗外谁托红伞。惹人多少觅诗风，更欲匆相伴。玉眸动、心潮几乱。知君此是愁难断。总向俏姿疯，俏亦倩、沉鱼落雁，怎让情变。

　　抬看万里河山，放声魂旋，纵我身历千战。旧情幽远任秋风，痛五更人颤。野坡外、豪情掩面。谁言无泪还相恋。这往事、藏心就，功铸春秋，志横飞绽。

2018 年 11 月 30 日

入塞·京梦

　　冷风穷。将离行、望日红。伴随知己走，趁早赴京宫。凉也浓。困也浓。

　　半生天天创业中。害得人、身上一空。明知千里梦重重。情向东。水向东。

2018 年 11 月 27 日

七绝·晴雪

一夜长亭泻玉琼，拦桥路上脆连声。

千畴万树冰凌滴，只与红梅怕放晴。

2018 年 11 月 25 日

选冠子·佛山

武圣飞鸿，小龙称霸，都为佛山歌唱。腾飞展翅，雄卧神州，百业满图兴旺。还看今后华章，文化兴城，又掀沧浪。见年华一瞬，但凭宏史，后人无恙。

鸿鹄志、笑傲江山，诗流四海，衔领风流方向。恩施百姓，一市昌平，得益九州开放。此刻心情，窃欢祖国繁荣，人民时尚。长思灯影下，怀赋独吟岸上。

2018 年 11 月 23 日

柳梢青·早行

　　临别风寒。柳垂霜滴，燕地生烟。河雾初飞，雁声低过，野鹤新怜。

　　群山似在轻眠。车行处、犹闻冷蝉。千变商途，何年为止，已变容颜。

2018 年 11 月 21 日

高山流水·征

　　昔年任性起征程。罢柔情、千里奔行。三十载恢宏，常怜岁月如冰。寻知己、又变人生。朝朝醉，长夜无心问梦，志纵豪庭。总嫌花落恨，旧事最伶仃。

　　香亭。羞迎众兄弟，商恋战、几见援声。千炼未成钢，白马泪溅兵营。论风骚、屈指峥嵘。剑挥舞，还有雷霆万箭，再赴新征。厉枪神助，飓风起、啸鲲鹏。

2018 年 11 月 20 日

七绝·咏松

人生兀立为松劲，雪雨风霜不改容。

海气千重高极目，涛声依旧煮豪情。

2018 年 11 月 19 日

月春宫·赴西昌参加诗歌周有感

一天春色半城红。百花香更浓。初临邛海爱苍穹。环山两百峰。

千国诗人挥墨染，书生疾笔写英雄。彝族风流不尽，万般妆彩虹。

2018 年 11 月 18 日

春从天上来·时代之光

　　四海流香。看大地神州，无限繁昌。城阙千万，尽展新妆。艳绝岂止城乡。有峰峦江海，呈现出、几派潇湘。这风流，已江山永固，国富民强。

　　如今世风廉洁，见现代红岩，遍布无疆。决策之光，中枢宏智，一带一路文章。写春秋诗赋，规划这、世纪辉煌。已相商。与万邦千国，共绘华章。

2018 年 11 月 17 日

太常引·残莲吟

　　一天浓雾锁轻寒。遥想雁飞难。醉罢看残莲。这此刻、人凭景缠。

　　池塘无语，游鱼诉冷，空剩几分怜。回首步云烟，已然是、眉含柳闲。

2018 年 11 月 16 日

伤春怨·问燕

夜静扶书案，笔下情空魂乱。院外落残枝，叶走无声形散。

问君南飞燕，又像归如电。是否待东风，翠竹绿、千花变。

2018 年 11 月 15 日

薄幸·观胡美雪女士美人油画有感

淡眉轻起。惹魂乱、千情竞系。顾盼下、春潮生媚，忽又转神四季。若雨莲、风摆妖姿，三番玉影惊皇帝。再一瞥红唇，万心飞念，这念经年难洗。

笑我老、身常少，发拟白、未消豪气。应凭桃源谷，观香觅赋，醉乘明月书情义。为今之计。意来诗作酒，闲来四海歌兄弟。花开季节，正是思人此际。

2018 年 11 月 14 日

惜黄花慢·菊与运

　　昨夜风凉。正送来冷意，却喜新装。洒金大地，北疆独秀，多辉翠影，唯美羞黄。无须秋尽思天老，独残缺、重挂寒妆。任雪霜。压低富贵，愁入沧桑。

　　人生笑尽忧伤。伟业成远景，寂寞无疆。命中辄舛，几冬纵梦，商途险要，徒有刚强。至今千难慵归去，趁风好、斗志昂扬。点炷香，写篇锦绣文章。

2018 年 11 月 13 日

喜团圆·姨母访京

　　江淮浪子，商途半辈，春夏秋冬。思乡旧梦知多少，举头共秋风。

　　犹思姨母，少年呵护，恩重如洪。忽临帝阙，爹娘欣喜，众乐融融。

2018 年 11 月 12 日

朝中措·无题

　　一弧银鹤过寒窗。惊动柳飞忙。幽看假山流水，心中激荡三江。

　　人生五十，剑悬正疾，几变戎装。恰好春风将起，五年锦绣还乡。

2018 年 11 月 11 日

一萼红·赴梅河口市看五奎山在建、康养雪镇宏图已就有感

　　过艰难。问花梅河口，已不是严寒。看五奎山，大桥将跨，拈万佛殿峰巅。一枝翠、青山绿影，千峰雪、无际照云烟。花走香游，来年约雨，再见香还。

　　雪镇宏图已就，有古风灰瓦，冰雪琼莲。无限休闲，悟禅寿远，将让岁月轻弹。忆情景、行人雅士，那时节、夜夜几千贤。待到红灯高挂，畅贺新年。

2018 年 11 月 10 日

海棠春·立冬

　　叶飞飘荡冬风傲。凉未足、冰匆来报。昨晚看轻霜，今早寒迟到。

　　海棠院内风中俏。可预料、春光一照。翠影绕新人，雀在枝头笑。

2018 年 11 月 08 日

七绝·别慈母

平明紧促披衣走，临别无曾问短长。
惜恐掩门惊醒梦，回头蹑步拜高堂。

2018 年 11 月 07 日

斗百花·祝贺成立复兴诗派

九月辉煌大地。骤见东来紫气。复兴诗派诞生，又举文坛利器。时代召唤，中华崛起今朝，文化自强铭记。民族骄无际。

古韵新风，常伴神州智慧。无限创新，且看四海朋辈。一代风流，豪书改革华章，尽赋河山亮丽。

2018 年 11 月 05 日

望海潮·怀念金庸

　　风雷云动，金戈铁马，神州尽是英雄。豪杰少年，天龙八部，影坛演绎神功。华夏技无穷。纵心逐刀远，凭剑挥虹。犹忆神雕，一举万里，搏苍穹。

　　神仙姐姐腮红。有风情万种，只爱弯弓。扶笛弄香，拈花取翠，魂牵爱恨千重。柔意醋还浓。豪情冲霄汉，横绝如鸿。问尔谁挥妙笔，四海数金庸。

2018 年 11 月 03 日

庆金枝·无题

天天高铁飞。任风去、夜来回。商途千万未归日，总晒夕阳晖。

此情不愿凭长久，奈何事、问知谁。愁来院内独扬眉。抚案饮千杯。

2018 年 11 月 02 日

双鹨鹈·丽人行

细冷犹撑红伞。仰见檐头霜满。应是晚秋神懒。佳人才动情断。

夜色天凉云变。京阙去魂难恋。此别因为身倦。登车才计心乱。

2018 年 11 月 01 日

七绝·忆秋

轮影三竿上小楼，窥聆晚菊几曾愁。
寒来不是无情棒，已过尘缘十月秋。

2018 年 10 月 30 日

阮郎归·飞机上观鸿

　　半天云彩绕凉空，高空凉不同。俯听大地万山红，银鹰破宇穹。

　　天际断，断辉虹，才知卧九重。可怜没有射雕弓，放飞一只鸿。

2018 年 10 月 29 日

甘草子

秋涨，暖意还凉，又是前年样。雨后鸟飞来，花落阳台响。

长夜总将风霜降，怎奈何、让人凭想。飞雪时间情更爽，纵卧梅香上。

2018 年 10 月 28 日

画堂春·香港忆乡

晚秋香港忆还乡，江淮叶落枝黄。不知何故又神伤，一梦潇湘。

窗外月听风杳，海边银泛沧浪。为谁此刻绕心凉，难变情殇。

2018 年 10 月 27 日

安公子·重庆

秋急情难了，让人常忆风中草。叶落丛中相拥老，冷意惶长抱。望万里、千山谁写凉来悄。风起兮、总妒残阳照。不应乘今夜，思乡暗嗟奇妙。

清早黄风闹，闹成叶绕山城俏。喜鹊枝头鸣旧喜，傻把冬来报。味也俏、三江香菊山前傲。梅睡也、此地无冰到。看百花如昔，劝君舟头闲钓。

2018 年 10 月 26 日

夜飞鹊·秋思

　　听风绕天远，已似无疆。秋色总是新装。让人诗意写不尽，古今多少文章。山川去年远，菊黄痴如昔，情变轩窗。需知池上，笑残荷、独约晨霜。

　　前夜又书新赋，无语独思量，忽忆兰香。已是今生旧事，为何此梦，思去茫茫。问君何在，夜凉时、谁送衣裳。叹天涯人远，英雄煮酒，遥对西厢。

2018 年 10 月 25 日

青门饮·秋风颂

　　风啸长城，冷秋残照，寒云带雨，群山新瘦。花逝无缘，叶悬飞舞，千里总添红秀。松柏还孤傲，巨涛声、难书澜骤。祖国风光，无限妖娆，神采依旧。

　　子夜轻斟陈酒，一杯未尽，万情皆有。凝度红尘，静思今世，图把未来猜透。人在江湖处，费思量、志藏人后。已然十万知音，只待挥鞭扬袖。

2018 年 10 月 24 日

秋霁·无题

　　江上涛声，借万里秋风，直惹枯柳。北国先凉，南疆后觉，神州锦绣依旧。风流以后。已知来岁还相诱。又看透。冬雪、万枝梅景已妆就。

　　回首往事，未悟风骚，苦辛经年，空失红蔻。至今是、清灯独悔，三千诗剑带狂骤。两处冷悲人已瘦。但不同处，无须再注豪情，笑傲江湖，玉箫轻奏。

2018 年 10 月 21 日

忆秦娥·忆谁

舞长袖，金樽不让空无酒。空无酒，人生常恨，雨止还漏。

问君何必为伊瘦？只缘南国思红豆。思红豆，风情万遍，念人依旧。

2018 年 10 月 20 日

七绝·秋忆

三五良宵卧碧楼，相言晚菊几曾愁。
寒来不是无情客，花好偏开十月秋。

2018 年 10 月 19 日

忆瑶姬·听秋

钟响三更。又凉声四起，一院风清。闻江山翠少，便夜来遥望，满目峥嵘。雨停叶落，枝冷无声，雁飞将夜行。这月光、应是前年好，总也如冰。

算庚岁、点染须眉，似秋还欲去，去亦难鸣。人生能几许，况此时如菊，雪扫群英。唯贪玉液，醉饮何时，醒完倚远亭。驭笔间，门外三军待出征。

2018 年 10 月 17 日

好女儿·秋

　　秋满叹花红。落叶怨西风。北国南疆游戏，你绿我偏空。

　　金菊乐融融。独占秋、孤翠无穷。梅香羞晚，嫌寒不够，只爱冰浓。

2018 年 10 月 16 日

采桑子·秋

　　晚听北国秋风急，欲紧萧萧。遍地摇摇。凉立城头望月高。

　　问君昨夜眠何处，黄叶飘飘。细雨潇潇。思念常随恨不消。

2018 年 10 月 15 日

七绝·芦苇

野塘初放雪莲蓬，水岸繁英韵不同。
细叶有声鸣露雨，浪花无际借摇风。

2018 年 10 月 14 日

绮罗香·北国之秋

秋冷花愁，凉杨怨柳，北国千般奇妙。黄色河山，添了许多情调。彩蝶舞、秀水生风，雁离别、翠枝环抱。这美景、诗意欺心，让人梦里尽情笑。

天天南北访友，清夜东西看月，已忘年少。知己相逢，常在醉中欢闹。千国览、百岸听涛，万家饭、香人长啸。看举笔、十万文章，纵言山水俏。

2018 年 10 月 12 日

春从天上来·古今夜话

　　思绪联翩。叹祖国沧桑，闭目难眠。三座山绕，遥若临天。华夏苦不堪言。百年来之辱，永记忆、恨壑难填。泪轻弹，正雨穷沥沥，溢满河川。

　　如今复兴盛世，又几度春风，花照人寰。伟绩丰功，誉留千载，犹似红日高悬。看西方洋脸，皆憔悴、唯靠栏杆。未开颜。对一弯凉月，空自藏奸。

2018 年 10 月 10 日

醉垂鞭·秋水吟

流水恨无穷，朝西动，平生梦。夙愿大洋中，任君东北风。

丈夫情更重，心相送，志飞鸿。不到满山红，不攀顶上峰。

2018 年 10 月 08 日

七绝·无题

红颜不觉一年秋，绝地讴歌唱白头。

促我雄心飞物外，银枪舞动镇琼楼。

2018 年 10 月 07 日

恋情深·秋

　　一见荷声霜恨晚，总嫌秋短。忽然鹤影掠柴门，静无尘。

　　天凉何奈夜归人，醉后又思君。问讯异乡寒否？几牵魂。

2018 年 10 月 06 日

浣溪沙·秋

　　一阕词歌一夜香，今秋黄叶早梳妆，百花碎得绕池塘。

　　又是江山涂万遍，只缘寒到满身霜，菊枯才悟去年伤。

2018 年 10 月 05 日

沙塞子·回京

万里飞翔凉夜，人独寂，雁相同。不见衣单身冷，任风中。

数载奔波劳累，千国远，志从容。如此运筹帷幄，梦重重。

2018 年 10 月 04 日

归朝欢·杭州

　　午访杭州观万仞。西子湖边思未尽。任凭此念系飞烟，总将人去空余恨。恐又霜一阵。捎来三万桃花运。待伊人，涛声依旧，未见有鸿信。

　　夜半更深扪自问。情到浓时情亦困。为何八月怕秋风，只缘雾冷相寻衅。有时嫌我笨。不听自己听红粉。傻无期，风流残志，已化成灰烬。

2018 年 10 月 03 日

七绝·踱秋

满地黄花留不住，今年又踱中秋路。

莫言鸿信逐风来，思落无眠烟雨处。

2018 年 10 月 02 日

永遇乐·国庆

　　万里飞虹，朝霞四海，神州千喜。南国欢呼，北疆雀跃，京阙红旗起。家家眉动，孩提唱晚，一派兴华天地。这昌盛、当今中外，谁堪快捷能比。

　　得来不易，撸衣不歇，奋发再燃豪气。民族辉煌，人民团结，再唱新台戏。任沉道远，为谋大计，共结人生真谛。复兴到、江山不老，直超美帝。

2018 年 10 月 01 日

永遇乐·深圳访友

二十年矣，重温深圳，久违之旅。知己风骚，横冲天下，狂业心何虑。唤来美酒，执杯长饮，旧事谈完程序。醉归愁、三番难舍，登车忽然无趣。

翻身难睡，红颜远走，相对默然无语。此刻楼空，佳人何在，记忆还难去。秋逢如梦，君声似燕，惹我相思情绪。更深了、春停满目，此缰未驭。

2018 年 09 月 30 日

探春慢·广州访友

一路飞烟，广州风暖，佳人相约难料。夜色朦胧，几多知己，同在案前醉倒。欢聚到三更，告别后、月明残照。不知何日相逢，友情当仿燕赵。

遥想羊城昔日，少年走珠江，岸堤长啸。铁剑无声，气吞四海，面对苦劳孤傲。三十年淫雨，且看我、风尘还俏。今日归来，花前月下谈笑。

2018 年 09 月 30 日

七绝·广州遣兴

壮心不已喜登攀，砥砺书生志未闲。

鸿鹄云翔三万里，霜消天际罢红颜。

2018 年 09 月 29 日

点绛唇·宏村

　　泉水溪声，任将清浪东行远。谁撑玉伞，总是归来晚。

　　村绕秋风，一望炊烟短，真听劝。莺声几遍，鸣在黄昏岸。

2018 年 09 月 26 日

鹊踏枝·菊落思人

菊落青枝一片片，还自多情，昨夜随风转。
故人陈曲又将散，酒过醉得寂无限。
窗外霜飞冷四面，低鸣弱鸿，暮色灰烟浅。
晌午凭帘君不见，独消思谁几千遍。

2018 年 09 月 25 日

安平乐慢·中秋

　　月照枝头，翠声欲杳，花儿竞自藏香。松低鸟唱，北国中秋，江山一派金黄。柳絮温柔，看长堤如秀，野目无疆。直让闲风光。描成这等新妆。

　　有多少人家，酒香千绕，相聚山水之乡。还见城中乐，举家正旺论辉煌。九域团圆，已就是、文明福邦。待来年、凉时月下，写飞风雨文章。

　　　　　　　　　　2018 年 09 月 24 日

曲游春·中秋思友

喜鹊鸣枝早，入秋游凉意，晨起寻觅。院内无风，正好思知己，一追今昔。往事挥如疾。想十里、乱心听笛。看柳低、随意翻书，却又信情无笔。

自律。凝眸如碧。问心愧何人，如此难译。神想千千，命中无厚禄，空将情急。更是三番寂。这次第、旧痕历历。亦怅矣、对月长嗟，几声惋惜。

2018 年 09 月 23 日

春光好·秋

　　凉又到，万千红，叶重重。谁在窗前忆西风？
眼蒙眬。

　　秋水微风微浪，秋天半雾半空。一昼云来吟
夜雨，月无踪。

2018 年 09 月 21 日

龙山会·秋

　　九月红花变。只怪秋风，叶落飞如幔。唯留金菊灿，灿也艳、艳得风光无限。北国度诗篇，颂不尽、风骚万卷。长城外、苍云变幻，直冲霄汉。

　　清晨临水依依，思尽商途，未让豪情乱。笔耕常伏案，无魂处、更有伊人相伴。莫让水东流，耗尽在、桥头河畔。志犹在、剑游四海，积金扬善。

2018 年 09 月 20 日

七绝·秋气

雪意未临纷落英，霜高初降几时琼。

江山十万清秋韵，尽是英雄气染成。

2018 年 09 月 18 日

宴清都·黄山

峰阔妆红粉。江间月，碧波之上相吻。泉声未远，夜听人寂，露浓稍紧。凉亭子夜传情，已传尽、千般滋润。过鸿声、忽觉寒垂，几番回首思忖。

清晨梦醒灯迟，临栏眸远，云涛滚滚。凉来有意，草青犹暖，不应相问。人生何不如斯，叹未了、感伤一阵。待从头、运作风雷，文商并进。

2018 年 09 月 17 日

湘春夜月·过邯郸

八千年，万般成就邯郸。史上慷慨悲歌，都付泪轻弹。欲要尽知禅事，怕夜来情急，梦断风烟。叹昔年恨远，柔涛似浪，心动三番。

移身帝阙，神留昨境，余意难闲。院内无秋，听叶落、忽知凉意，还有形单。尘遮伟业，问此时、谁解轻寒？蓦举首，算知音几个、英雄遍地，花照云天。

2018 年 09 月 16 日

七绝·秋雾

茫茫浓雾起愁肠，未到大寒花已黄。
风冷总需迎驾酒①，诗乘醉意写千行。

2018 年 09 月 14 日

---

① 迎驾酒：产于安徽省六安市，当代著名白酒。

昼锦堂·游偃师

　　杜甫诗雄，邦才诞偃，吕氏颜色无疆。更有神僧玄奘，译尽禅纲。伯兄叔弟贤天下，礼全义至不称王。张衡泪，地震万年，春秋多少情殇。

　　刚强。想洛水，思古韵，已成文化之乡。喜庆中华开放，满市名商。层层劲宦施新政，家家锦绣著文章。逍遥处，仙境一天风月，无限荣光。

2018 年 09 月 13 日

中兴乐·秋

未必秋凉重像同，年年总惹枝空。懂非懂，乘梦，落成丛。

红花绿叶常相讼，都言痛，只因风动。愁重，万载难融。

2018 年 09 月 12 日

女冠子·秋

秋声影动，又听帘前旧梦。叶将空，正是东
流水，招来岸上风。

池前寒月菊，冷意又相重。香绕三分俏，味
无穷。

2018 年 09 月 12 日

南浦·洛阳

风云变幻，洛阳城、斯事已成追。犹忆唐王铁骑，华夏荡尘灰。记恨牡丹三月，武周皇、下旨尽朝晖。趣事知多少，化成烟雨，青史已千回。

再看洛城皓月，现如今、无处不生辉。花香游飞四处，百姓举银杯。户户曼歌轻舞，乐孩提、万巷彩霞飞。大众兴雄土，直添家国再神威。

2018 年 09 月 11 日

庆春宫·深圳

　　一夜春声，南疆崛起，傲然直逼苍穹。香港惊奇，全球诧异，谁能预料之中。百行兴旺，又道是、千年伟功。邓公仙去，继者风流，强势无穷。

　　满城尽绽花红。绿荫推浪，笑脸如丛。渺渺沙滩，月光皎洁，夜色清透朦胧。三分神醉，已忘却、秋来几重。披衣凝远，不忍轻眠，睡意如空。

2018 年 09 月 09 日

七绝·万象游

虔心接引随缘起，浩荡椰林漫佛风。
万象含辉明法远，他乡无处不禅宫。

2018 年 09 月 08 日

氐州第一·商丘旧事

　　阴雨商丘，凉风习晚，知音夜约糜酒。乱叶翻尘，枝残花落，秋景凄然皆有。初醉临窗，看柳下、池莲尚秀。金菊香来，精神微动，念君依旧。

　　月上西楼枝影瘦。弦声起、又思新友。拨断琴儿，心情难续，怎又风停后。起清晨、忆昨夜，窃笑我、沉眠太久。本色须眉，万千愁、挥之一袖。

2018 年 09 月 07 日

七绝·金边秋梦

仙风摇落一天英，五彩缤纷撒满城。

秋色宜人留客梦，神游不觉误归程。

2018 年 09 月 06 日

大圣乐·江湖

　　闯荡江湖，数年人老，举眉还笑。对四方兄弟豪情，仗义溅才，还忘故人年少。冷酷常嫌情归后，直闻得生平听雁叫。凭栏处，望天涯尽头，空看残照。

　　留心问谁最妙。看花谢香飞枝不俏。对小楼吟罢，风云再起，书生狂傲。指万家灯红长夜，叹烟雨堂前寒欲到。将清醒，赌英风、志追难料。

2019 年 09 月 05 日

石州引·李白

衣带飘飘，长剑若悬，夜饮晨啸。遍游天下河山，胸内风光还闹。高官厚禄，谈笑身外之遥，只思美酒多来报。醉走马鞍山，月沉人长杳。

才妙。一宵玉笔，夜半清歌，千篇未了。转眼经年，竟让奔行相告。情怀如涌，总少轻写忧愁，唯书离别嗟行早。挥洒世间歌，万年光芒照。

2018 年 09 月 04 日

七绝·秋思

秋意萦帘梦入乡，雨听英落小池塘。
谁怜征雁鸣凉月，正趁金风赏菊黄。

2018 年 09 月 02 日

水龙吟·返亳州

征鸿知我思乡意，故驾祥云追电。亳州今早，旧朋恨晚，一天夜宴。醉后无眠，月遥沉静，翻书依案。细听滴秋声，陈年往事，忆难尽、羞难断。

醒罢气冲霄汉。这江山、英雄几变。人生苦短，应挥铁骑，身经百战。按剑风低，轻然长啸，势飞如箭。念时归帝阙，运筹四海，九州红遍。

2018 年 08 月 31 日于亳州宾馆

上林春慢·扬州

　　临瘦西湖，沿岸柳妖，碧水深情如款。玉莺初飞，芦梢摇曳，还是去年秋断。小桥亭卧，诉风老、看曾神乱。一舟诗，只为雷雨行，任游无岸。

　　五湖人、夜沉寂远。珠帘下、却忆栏前红伞。笑挽素手，倾听明月，声闻玉躯娇喘。云停魂散，叹轻雾、绕人醉眼。梦深时，为怕醒、恐闻轻唤。

2018 年 08 月 28 日

霓裳中序第一·西安

西安已叶晚。好景初黄堪欲返。恐怕美图又短。况寒色窥秋，叶零将散。古城正懒。这旧境、陈情香断。来回影，去时难舍，恋意有千万。

抬眼。故人已远。痛思痛、几声嗟叹。遥追年少易变。灯下凝眸，春梦依案。醒来轻抚汗。寻倩影、新恨谁劝。风才动，疑君再现，挽手笑恩怨。

2018 年 08 月 27 日

锦堂春·听禅

　　才下飞机，还登铁马，天天苍狗乌云。创业艰难，多少坎坷风尘。今已年丰五十，还做月下归人。叹风霜冷暖，尚舞龙泉，夜伴惊魂。

　　唯怜青春无悔，度江湖岁月，尽惹豪门。今日忽听禅意，倍感神亲。佛学无边奥妙，竟让我、如沐初春。怎不牵人悟尽，感受无空，淡看王孙。

2018 年 08 月 26 日

七绝·无题

红霞万点满塘落，夜半谁吟池上歌。
一任清风花影动，亭亭玉立漾秋波。

2018 年 08 月 24 日

剪牡丹·成都

　　雨静云稀，零零晨雾，一线江上银浪。依水滔滔，美人正摇桨。西山日落霞飞，仙鸿寂寞，苦孤岸上低唱。秋晚舟停，独垂夕阳上。

　　已经三载惆怅。访故人、旧情难葬。将又走天涯，遗憾月高不让神旷。雾茫夜色叹重恙。这般心境，愁伴到天亮。悲怆。纵恨弹一曲，千般难忘。

　　　　　　　　　　　　2018 年 08 月 23 日

彩云归·游青城山

川中八月横云飞。雾青城、欲上凝眉。仙磬萦耳，颂声痴绕，宫顶上、任挂金晖。影松摇、山高有意，但凭风雨归。花香季、不听秋劝，尽展芳菲。

魂悲。临行暮散，纵千情、怕谢枝肥。返程步缓，衣袖无动，意懒轻挥。大业矣、何时帆劲，已是途异人非。强抬首，多变平生，几幕心灰。

2018 年 08 月 21 日

真珠帘·密云游记

　　清晨剑上缠云雾。岸幽幽、伫览飞鸿无数。碧水听鱼，游意欲停香处。此刻秋声吹满目，叹几番、来时归路。惊悟。尚余千山远，还思纨绔。

　　入暮。西边闲雨。任淋漓、躲在檐前难顾。伞下紫衣人，瞥浪尖鸥鹭。倩影何时迷见了，只剩下、轻舟徐渡。回步。已收身车幄，欲言谁诉。

2018 年 08 月 20 日

酒泉子·中秋登高

又上西峰，渺渺秋心只为痛，聚时堪忆昔时空。梦萦中。

几回草木恨春宫。来去不思心愈重，大千世界太匆匆。问东风。

2018 年 08 月 19 日

喜朝天·合肥怀旧

　　叶将黄。故人望秋伤，只在回乡。细雨绵绕，对枝怀旧，幽觉人香。更半约君共梦，月光浓、窃看俏新妆。嗟往矣、影帘已杳，夜色茫茫。

　　如今伟业新测，路上多知己，垂柳高扬。纵马千里，跃鞭旧部，披戴霞光。谈笑征途遥远，论风骚、逢敌亮长枪。佳景近、胸怀四海，无畏风霜。

2018 年 08 月 18 日

昭君怨·情人节

　　天上鹊桥遥望，人又听风遐想。唯有广寒宫，恨无穷。

　　世上悄然思荡，恩爱总兼惆怅。恋意正朦胧，亦如空。

2018 年 08 月 17 日

抛球乐

畅酒三千一夜香，临桥无雨梦还乡。别时莫示约君醉，恐再回眸又感伤。相见欢声夜，还叹人生空恨长。

2018 年 08 月 16 日

七绝·望月

鼓浪扬帆只等闲，悬峰崎路再登攀。

抬头绰见关山月，壮志未酬终不还。

2018 年 08 月 15 日

感恩多·再忆潇萌[①]

忆来还怅惘，心在青莲上。念君无以穷，恨如空。

听雨人依岸上，怨东风。怨东风，一片花消，惹人愁万重。

2018 年 08 月 14 日

---

① 潇萌：青年演员，早逝。

寿楼春·再悼潇萌小姐

朦胧君梳妆。镜前描玉手，人靠弦窗。几许秋风撩耳，惹低残阳。人照水、花衣裳。一阵香、飘飘茫茫。月下织情丝，生春亦悄，心欲俏还乡。

惊残梦，扶斜床。影依稀旧在，惶觉悲凉。戚戚悠悠云散，举天人伤。君逝矣，魂空亡。问九天、天犹荒荒。这忧绝之心，无边痛愁谁敢商。

2018 年 08 月 13 日

桂枝香·香魂乍杳

影坛痛失一星！深切怀念青年演员潇萌小姐。

神摇难定。正伤感如秋，魂飞成病。千遍回眸似火，几怜成影。无君不看飘零处，忽然间、再无人应。故音犹绕，欲行还绝，不知清冷。

念前夜、香声未剩。叹新梦无缰，神绕铜镜。千古凭高，不见玉人回径。何时又逝东流水，似云烟、渺渺难省。今宵醉浅，泪如狂泄，似泉晶莹。

2018 年 08 月 12 日

沁园春·创业

战马奔驰，九域翻腾，欲动苍穹。正乘风直下，狂飙飞射；阙门惜别，戴月追龙。半世无闲，只为国事，心载千山百万松。鸿之恨，在十方三界，雷动如风。

前途疑雾浓浓，雄关漫道无限险凶。看帐前众将，旌旗亮甲；长缨在手，车骑从容。大道通兮，古人拭泪，挥袖文风笑太公。征程路，已运筹帷幄，横卷千峰。

2018 年 08 月 11 日

饮马歌

　　窗前悬剑影，找月同觞咏。一方江湖静，任呈英雄性。笑苍穹，挥玉毫，掷下三军令。战犹胜。

2018 年 08 月 10 日

水调歌头·太湖忆旧

乘露太湖上，晨色潋渔光。今宵眠罢，还是千古诉悲凉。谁说天山仙子，游遍吴邦旧地，何必忆回疆。如许问霄汉，无意笑沧浪。

晚秋里，烟霞尽，柳梢黄。古亭夜宴，兰意缠竹绕池塘。不用轻舟载酒，只让青山绿水，一梦复潇湘。犹唱十年苦，几度不思量。

2018 年 08 月 09 日

曲江秋 · 立秋吟

　　新秋旧路。又来故乡游，叹愁无数。喜见友朋，杯光倒影，醉罢听回顾。兼等一夜雨。低窗外，闻谁诉。风紧叶飞，凄凉老径，一行梧树。

　　真苦。天涯漫舞。感伤了、诗情万组。持樽无限饮，冲红脸颊，多少蹒跚步。总恨夜归时，依稀路上吟长赋。默回首，人生百年，正在这阑珊处。

2018 年 08 月 08 日

七绝·游海

海天一色两相间，云卷云舒各等闲。
入胜人迷千景梦，寄兴已醉不知还。

2018 年 08 月 07 日

玉烛新·红颜吟

　　人间红粉恋。见朵朵玫瑰，窈奇争炫。炯香妙异，幽然是、故把秋情轻唤。月明星散，犹似九天云落燕。千万秀、各领风骚，妖姿万花如绽。

　　犹忧少壮悲歌，问四海名枝，百窥人面。江湖夜宴。终非是、一世风霜相伴。浩然长叹。恨尚旧空余魂乱。嗟往昔、纵是无情，痴心未变。

2018 年 08 月 06 日

七绝·无题

一梦平明人独醒，书生创业志无成。
囊中不是藏羞色，家国萦怀未了情。

2018 年 08 月 04 日

风流子

    清夜又扶柳下，月缺月圆如画。弹五曲，叠三关，魂断万般幽雅。消夏、消夏，醉了一城佳话。

2018 年 08 月 01 日

江城子

悠然园外觅青兰，露凝寒，冷香残。唯怜滴雨，昨夜已成泉。玉笛一宵《如梦令》，和泪唱，染风烟。

2018 年 07 月 31 日

七绝·咏鸡

守信非时不乱鸣，满身豪气展姿英。
千家万户同央梦，夜破人间第一声。

2018 年 07 月 28 日

绛都春·游成都

　　川中领袖。已非旧蜀国，千里如绣。遥想当年，诸葛平生情急骤。祁山六出心怀旧。走寒月、风霜湿透。复兴汉胄，鞠躬尽瘁，伴君同寿。

　　举手。千年壮烈，我应是、只为武侯斟酒。典范忠臣，崇敬常寻黄昏后。无缘觅得人先瘦。续大志、潜心研究。先贤智慧如花，万般相诱。

2018 年 07 月 25 日

绕佛阁·普陀山

海环四顾。峰翠佛国，清午禅雨。霞尽入暮。寺前夜色、菩提本无树。忽然感悟。成佛大道，全在心路。慈航普度。阿弥陀佛，还有万千步。

又别普陀山，情感悠悠难自驭。还似缓首、层层迷解雾。若有永明灯，朦胧无数。此行重诉。叹再约何时，凭想如露。一丝愁、笔挥难赋。

2018 年 07 月 23 日

夜合花·义乌

　　雾锁悬峰，寺香绕梦，义乌幽染潇湘。南江水碧，谁将舟寂无缰。风细细，雨茫茫。念笙箫、此是何乡？看云飞舞，夕阳残照，最美梳妆。

　　临行几点幽香。若我池边信步，笑看忧伤。抬高望远，又添几眼沧桑。月暗夜，叹西墙。柳无声、荷伴池塘。欲眠还醉，独扶良久，心惹秋黄。

2018 年 07 月 22 日

七绝·夏游黄山

信步云梯入海天，引峰直上八千旋。
松风释得仙人意，雨落诗飞百丈泉。

2018 年 07 月 20 日

琐窗寒·梦与醒

　　暗柳莺啼，河清水畅，雾岚如帐。荷花戏绽，野鸭任游欢唱。小舟来、一路乡歌，只将寂水翻细浪。看佳人有约，妙姿如水，玉眸清亮。

　　迷惘。疑之状。昨夜一帘雨，竟还梦涨。持瓶斟酒，静坐长亭悲怆。醉三秋、难解千愁，可怜此刻添惆怅。置笑焉、再整戎装，一派新气象。

2018 年 07 月 15 日

七绝·观海

浪踏烟波放小船，穿云破雾济桑田。
微风细雨能胜酒，上岸邻家醉十年。

2018 年 07 月 13 日

三姝媚·上海

　　浦江千载雨。望波上仙姿，一行银鹭。雾绕轻帆，不见渔家影，浪花无数。子夜涛声，疑梦见、百年之沪。昔日沉沦，辱史无垠，败风俗舞。

　　往后何堪笔赋。看夜枕金戈，长城宁固。又自回眸，望陈楼新厦，满堂商贾。傲视东方，新上海、万邦难悟。如此强都风范，飘然起步。

2018 年 07 月 12 日

芰荷香·夏至莲开

　　小栏杆。接青莲一侧，伴夏荷闲。水波无漾，正是绿盖红颜。风来细润，浩千顷、未见香残。谁在岸边沙滩。蝶飞正舞，妙步连环。

　　解去轻舟任行远，过芳香无数，几变河湾。柳明深处，又闻东阁名媛。十方香散，逆风处、一束花兰。更有夕阳高悬。幽幽旧路，弹尽诗弦。

2018 年 07 月 11 日

三部乐·游杭州

凉月飞声，向仙境西湖，乱云深处。夜岚垂练，竟似笙歌轻舞。细波上、舟横莲风，看隙光叠影，柳凝晨露。午来雨尽，才湿去人归路。

岸边独玩秀色，叹雷峰夕照，正悬天幕。遥看往来玉影，边行低诉。顾眸间、妙移素步。钱塘雾、涛缠旧谱。寂境笛远，弹一曲、幽情谁助。

2018 年 07 月 10 日

燕春台·宏村

　　紫气纷然，云烟缭世，宏村千载昭彰。处处飞檐，家家水系环墙。马头交错无纲。径幽时、直绕池塘。村前人语，远山毓秀，小瀑流长。

　　书生缓坐，闲看云飞，顺扶柳暗，思绪无疆。遥听万壑，更思旧院亲娘。盼子常归，伫院门、礼佛焚香。数年商。江海多少泪，独自心伤。

2018 年 07 月 06 日

扬州慢·武汉

江水东流，滔滔千载，犹如万马千军。绕山峦鸿壑，渡无数昆仑。自古是、春江去后，又流秋水，残照黄昏。到黄昏、清风揉面，柔意撩人。

可怜闲客，算今时、伤恨加身。笑情短人儿，东楼虽好，难卧乡村。计到暮年时候，秋心老、梦断惊魂。叹晚霞红落，伴君独悟乾坤。

2018 年 07 月 02 日

七绝·收复香港

一朝耻雪百年殇，认祖归宗剑气扬。
已固铜墙成铁壁，不教鬼魅再猖狂。

2018 年 07 月 01 日

并蒂芙蓉·苏州

站太湖边，向纵深望去，千家渔早。帆上看舟遥，碧天幻成巧。莲香岸边易醉，远处无垠荡晨淼。晚来正好。坐潮头、望尽烟波飞鸟。

回车几番不忍，更途中赏翠，文书来报。商场有飞鸿，战争四边吵。回头夕阳渐下，惜别心悠恋多少。大商正道。叹人生、乃当奇妙。

2018 年 06 月 26 日

双双燕·武汉经金寨赴合肥有感

　　过金寨了，即将是庐州，想茅台酒。便思故友，算是近来人瘦。中午巢湖玉藕。野店外、闻香小狗。相逢掼蛋多时，菜上悠然停手。

　　依旧。挥翻醉袖。独上北湖舟，不能人走。红云劝我，遥望浪涛良久。难忍临行举首。便忘了、余霞将朽。惶乘铁马归兮，滋味万千都有。

2018 年 06 月 22 日

瑶台第一层·创业

　　少小离淮，江海上、撑帆四十春。远山千里，无痕风景，纵马飞尘。总听晨走早，万里远、乍见归人。吟长赋，看天涯之路，霜透重身。

　　黄昏。于无声处，仰天一笑忆昆仑。劲龙潜海，横通天下，万壑归魂。看持玄铁剑，剑舞处、直掠瘟神。驾祥云。伴莺声同舞，五彩缤纷。

2018 年 06 月 21 日

暗 香

　　夜深月皎。看枝头落雨，叶青将老。唤起童心，池里鱼儿戏追鸟。荷美如今嫩翠，怕经风、欲游波藻。但等到、秋动窥寒，青影欲思俏。

　　相告。备凉轿。似是去时遥，一路谈笑。戏人正妙。归意正怀野阳照。小院痴痴搀手，玉兰香、海棠芳了。世情意、难尽也，似君预料。

2018 年 06 月 20 日

七绝·回乡

天涯游子梦魂牵，不改初心觅一田。
依旧春风慈母面，笑开雪路走童年。

2018 年 06 月 18 日

庆清朝

　　近日贪书，文章细品，只见竹上生春。窗前落叶，闭门懒再思君。提笔只凭回忆，忆还年少柳前村。听时日，燕雏已老，雨落纷纷。

　　时有几分清冷，总有弹弦断，未守清魂。轻摇玉影，夜来犹怕黄昏。不禁寸心方乱，难将此恨寄豪门。空惆怅，一歌旧曲，余念还存。

2018 年 06 月 16 日

扫花游·将行

平明醒罢，正月下寻花，莺声盈树。和风润煦。教韶光暗度，五湖烟雨。又绕回廊，窃羡河塘痴侣。别愁绪。付幽怨一帘，郁结千缕。

这是谁家女。又站那亭台，独吟诗句。飘零梦渚。叹何年时日，感伤如序。此恨绵绵，常在琼楼玉宇。凝眸处。抱瑶琴、盼君归旅。

2018 年 06 月 14 日

长亭怨慢·无题

又醒早、楼台飞燕。正蜻鸣时，柳烟如幔。几过风回，假山高处水轻溅。独情幽坐，知是我、藏庭院。总在有情时，几杯酒、一帘清宴。

无伴。寂人人不见，无意向谁书怨。知音去也，看夕艳、色飞红浅。难忘却、傍晚君来，恐相送、远行红伞。不听步行声，怕是影来魂散。

2018 年 06 月 13 日

凤凰台上忆吹箫·无题

　　叹尽相思，南柯一梦，醒来欲破红尘。仰笑我、真情难觅，独自销魂。更上楼台低望，看小院、尽染乌云。新来恨，怨有八千，愁到黄昏。

　　晨上发来鸿信，真让我，一身妆遍伤痕。便算了、寅时旧恋，焉有情人。谁信花前月下，枉笑伊、曾誓纷纷。都休矣，还我莽莽昆仑。

2018 年 06 月 12 日

徵招·无题

　　早晨江上闻舟泛，舟声已然行远。总有浪千层，望影何时返。知君无梦伴。影几点、深情难款。莫忆归期，此中滋味，一言知晚。

　　明日又将行，临行处、还听别言声喘。更有举眸时，几幽还泪眼。思来心又软。强抬首、远山云限。不相见、只恐君来，故事连重演。

2018 年 06 月 11 日

塞垣春·黄山

早上新安景。雾渺渺、无帆影。烟波旧事，浪停如镜，风过云迥。自古骚客赋闲心性。赋万句、吟谁听。恨轻离、舒难尽，顶峰寻色无径。

如此海涯人，来踪迹、情意还剩。不再起相思，万呼未相应。送君行、一枕新泪，何时逝、悄然流晶莹。玉影再无悔，夜深人酩酊。

2018 年 06 月 10 日

七绝·过伊犁

恍然如梦彩云间，几逝光阴去不还。
醉步三千风雨路，平明已过万重关。

2018 年 06 月 09 日

黄莺儿·游诸暨

　　披衣扶案看归鸟。却见花香，无见枝鸣，翠染无垠，风拂萱草。观月露湿青衫，意与烟波绕。好听千缕阳光，照我心幽，幽我人早。

　　轻俏。只为梦西施，入梦千般妙。未寻踪迹，缈缈何由，犹然几觅人杳。临返再顾君时，竟是音容貌。此际听雨何如，今夜搀君笑。

2018 年 06 月 08 日

汉宫春·伊犁记忆

　　红秀枝妖，满目闻花俏，四季联春。追思伊犁记忆，只为伊人。无情岁月，几春秋、又几黄昏。唯有那、雨来燕舞，才愁酒后乡村。

　　总是醉逢尽处，恍然人何在，帘下思君。伤心今夜梦后，怕看朱唇。遥听冷月，万里外，谁望风尘。空畅泪，清晨赋曲，长嗟缕缕闲云。

2018 年 06 月 07 日

七绝·夕阳观心

年年总绕乡愁梦，四海为家意未穷。

闲闭青山敲细雨，心香一缕接瑶虹。

2018 年 06 月 06 日

六玄令·忆故人

　　残烟坠绕,摇影东山寺。寄思那年朝圣,庙内盟生死。从此花前月下,与尔长相视。依花怜翠。欲飞双影,不问天涯月明逝。

　　创业书生艰苦,只为宣宏誓。指点万马奔腾,纵横英雄事。难忘春时挚爱,忆罢千千次。愿为商蠡。踏舟陶水,竹刻护花著青史。

2018 年 06 月 04 日

天香·厦门

凉意如斯，山遥松近，最喜厦门南岸。海静蓝深，满城翠染，更有涛声千变。清晨鸟动，鸣细柳、媚姿如倩。园内旧思幽静，林深雨点轻溅。

创业生平多舛。水东流、时光如电。浪迹天涯为乐，至今垂晚。人在江湖意远。看明月、难将恩仇断。忍等君来，禅萦鹤伴。

2018 年 06 月 03 日

昼锦堂·走宜兴有感

　　相会宜兴，风行夜至，几回纤柳悠扬。浪上新春约秀，寒晚轻藏。竹洋尽处凌绝顶，池台玉女赋秋棠。徐回首，独有画眉，临行顾叹神伤。

　　彷徨。念故客，新雨乱，沉思几点迷茫。更待江河雾逝，已悟沧桑。不知谁点英雄梦，竟围山色绕凄凉。空惆怅，虚幻年年岁岁，魂渡西厢。

2018 年 06 月 02 日

东风齐着力·亳州晚芍

　　香滴朱栏，浮光参错，又见幽琪。亳州北望，欲觅故人痴。满目缤纷绚彩，犹遥忆，昔日风姿。芳丛里，香魂任坠，梦断残枝。

　　莫谓旧花斯。情若絮，直如夜半临池。水波潋滟，醉味有鱼知。怎叹倾杯释酒，沉浮事，独酹天涯。看来日，千般锦绣，万卷新词。

2018 年 06 月 01 日

露华·香港

百年脉断。已是一天红，故事新演。未换江山，重把旌旗图遍。旧曲犹绕香江，逝客几番迷恋。成往矣，中华崛起，百花齐绽。

书生少壮凭箭。射昊月千重，未让情乱。再整三军戎阵，英气不散。何惧万里征途，看我九州雄悍。威令下，何妨巨涛浩瀚。

2018 年 05 月 29 日

七绝·醉香港

云行千里九龙盘，一曲香江任水弹。
约尽知音同月饮，醒来红日已三竿。

2018 年 05 月 28 日

法曲献仙音·悟

　　一夜清眠，情飞尘世，尽是声人影。醒罢犹凝，信游庭院，池前香浮虚径。像竹动空难静。还嗟旧风景。

　　上坡顶。几番愁、近来多病，思往事、还是为商情横。家国畅怀人，怎如何、禅心难定。再觅龙泉，剑挥时、英雄本性。莫在斜阳下，感叹斜阳孤静。

2018 年 05 月 22 日

意难忘·早夏将行录

鸟动云惊。又披衣帘外，看雀晨鸣。原来催我醒，低语报天晴。窗矮处、望门庭。海棠正娉婷。玉兰花、新枝叶盛，意与松争。

午时人又将行。怕别离念尔，细语声声。人生常苦短，总有为痴情。成大业、履寒冰。从不惧峥嵘。四十年、初心不改，重赴新征。

2018 年 05 月 20 日

七绝·黄浦归舟

海气升沉泛雨舟，雾缠秋水向东流。
黄江倾尽百年事，千载孤帆叙一愁。

2018 年 05 月 11 日

探芳信·黄山

鸟儿唱。远山正春眠，轻岚如浪。看幕晨江雨，飘浮在云上。徽州尽处千家缈，炊雾凭遥想。月高时、尚有余寒，又听摇桨。

已有了方向。不再总相思，旧情欲忘。爱恨诗词，醉听处、玉箫响。翻书步到槐荫下，抬首雄心涨。正华年、跃马扬鞭技痒。

2018 年 05 月 02 日

惜红衣·梦人

　　昨夜思君，春迟一瞬。梦中轻吻。醒看花香，凭窗抚枝问。依依情影，怎让人、何堪难忍。晨近。月挂西沉，雨来花儿润。

　　人生似迅。夜蕊还香，平明已成恨。光阴常在寸寸。想相认。遗憾总怜郊外，忆那故人飘尽。只能书新赋，相托雁捎鸿信。

2018 年 04 月 16 日

满路花·又念清明

　　已忘春前雪，游子一行难。清明还是晚寒天。百花初醒，野外几人潜。来时嫌叶茂，只任轻风戏我，触景难言。

　　欲行家父长劝，多带几衣棉。故乡依旧尚春寒。雨残云底，细雾绕河湾。最是伤心处，焚罢添香，怕还又复来年。

2018 年 04 月 13 日

新荷叶·清明

　　细雨蒙蒙，清明又自还乡。一路秋心，更兼几目春凉。江湖醉客，三十年、风雨彷徨。而今思尽，为何此等情伤?

　　暮见坟茔，先人已度沧桑。绿树长阴，只听四季花香。雁飞独寂，已忘却、几度诗肠。回车人去，扬帆再整新装。

2018 年 04 月 10 日

七绝·回亳州

轻车千里走亳州，绿野清波一目收。
细雨斜阳皆入醉，新风古韵绕红楼。

2018 年 04 月 08 日

一丛花·春

　　今宵枝上杳无霜。春色渡如江。东风有意传丝暖，月明时、轻抚轩窗。昨夜雨凉，忆谁心动，满目挂沧桑。

　　总将此刻换新装。楼阙望无疆。盼来知己约茅舍，煮茅台、把盏疏狂。莫学群花，秋来独悔，空自恨诗肠。

2018 年 04 月 05 日

月下笛·蚌埠

　　淮上明珠，名城蚌埠，古今源远。千年盛宴。万载文风灿如绚。风流无际编青史，好一曲、魂牵霄汉。一群英雄梦，刀光剑影，渺渺征战。

　　浩瀚。城如苑。旧貌换新颜，长堤飞燕。游人眷恋。环都流彩轻绽。市强民富欢声泪，问大地、焉来巨变。登高铁，走时愁，离去何时再见。

2018 年 04 月 02 日

荔枝香·春望

满院花开香落，春正荡。缓步脚下生辉，袭罢人身爽。更有喜鹊轻吟，归燕同欢唱。遥望、美景无垠让思量。

觅知己，仁高处、抬头望。半际红霞，喜看友朋如浪。笑举金樽，一醉当歌此心畅。宏图飞扬气壮。

2018 年 03 月 31 日

燕山亭·春

　　云过无痕，风走正凉，雨后春情呈派。妆待百花，柳岸初萌，枯枝正蒙风采。院内秋棠，空怅望、低吟无奈。真快。雪影消昨夜，几多梅败。

　　幽情只恨离别，这次第、些许心潮澎湃。暮归人远，纵去千山，遥想可还安泰？思罢难平，晨曦里、似君容黛。常耐。犹是梦、梦萦期待。

2018 年 03 月 29 日

夜合花·春

　　星错苍穹，枯枝入梦，却留清夜幽香。西垂旧月，院中杏伴凄凉。竹浅处，入谁乡？玉兰倦、依雨听霜。细风凝冷，鱼游无序，只闹池塘。

　　平明一地花忙。曾惹今晨早露，又试新妆。驱车小路，忽逢几对鸳鸯。人又醉，恐心伤。忆少年、纵筏三江。只描山远，风流伴我，谈笑文章。

2018 年 03 月 28 日

七绝·戏问

历史长河渺若烟，五车学富亦堪怜。
人生一滴无形水，落入洋中任杳然。

2018 年 03 月 25 日

高阳台·春

　　晨惹霜春，玉兰慢找，喜闻一派新枝。轻抚栏杆，鸟归正展仙姿。初阳万物和风绕，却撩人、几阕残诗。此时吟，柳唤风来，三万遐思。

　　问询知己居何处，记得当年爱，相对迷痴。千百柔情，而今往事如斯。忽看桥影人难忆，理相思、细叹谁悲。问归期，花落时分，才恨秋迟。

2018 年 03 月 22 日

玉蝴蝶·早春

已是雨停云散，夜来悄悄，尚动禅光。万籁萧然，似有燕赵悲凉。冷风清、池塘冰老，月更冷、心意飘黄。叹情伤。欲寻知己，沧海茫茫。

难忘。秋时宴罢，几多怀旧，又憾星霜。一去无痕，泪飞江海侍潇湘。恨征雁、难捎书影，看暮色、空等归航。却相望。抱琴听远，弹断斜阳。

2018 年 03 月 17 日

凤箫吟·春思

看梅愁，悄然离去，还著多少文章？枝将嗟冷远，暗听春动，笑去悲凉。百花情尽了，更怀君、春后愁肠。竹叶上、枯将染色，又换新妆。

惶惶。村前走后，曾何时、几度悲慷。负情观旧月，乱心飞絮里，缓首西厢。红颜朱色老，问何年、杏绕高墙。且莫怅、携君醉后，又是秋黄。

2018 年 03 月 16 日

月华清·春愁

　　柳欲听春，虫儿仍寐，举首苍云如羽。轻走河边，还觅夜来残雨。梅正念、何必春迟，松亦叹、总愁秋去。寒絮。看新枝香早，几丝妙趣。

　　此处心中无序。盼燕子早来，了我忧虑。不见君回，自古知音难遇。情无奈、福命难知，恨有意、爱情几许。低语。纵多茅台酒，又和谁聚？

2018 年 03 月 10 日

七绝·乘高铁赴山东

风驰电掣越河山，景美心怡君未还。
若是佳人呈玉酒，醉时不觉过阳关。

2018 年 03 月 06 日

醉乡春·春

子夜雨声云乱，披袄未寻人面。雾才过，雪犹悬，星落又听谁劝？

不在小庭春怨，北国鲜花璀璨。九天露，润河山，醉将月夜吟魂断。

2018 年 03 月 02 日

迎春乐·无题

　　月凉还馥春伤重。为别离、目相送。叹今生、正与妆龙凤。怎恨也、肝肠痛。

　　年又到、思情谁懂。莺声里、翠枝还梦。不见来时归雁，只待人相拥。

2018 年 02 月 08 日

七绝·怀念周总理

公明一代列风流，日月同悬百世秋。
澡雪精神垂宇宙，依然气啸八千州。

2018 年 01 月 08 日

疏影·秋

院深若酷。有凉枝寂寞，归叶如宿。润雨亭前，不觉黄昏，懒看墙内风竹。雀鸣檐上回声远，长空雁、鸣声朝谷。水中荷、此夜将枯，怎作几番孤独。

还忆春前旧景，那般翠染里，天际飞绿。今又秋黄，不忍听霜，偷杯畅饮东屋。醉时随那凄凉梦，卷帘曼、闻《阳关》曲。月明时、重沐禅香，窗外风欺乡菊。

2017 年 11 月 10 日

秋波媚·画吟

秋风未至叶先衰，花叹满楼台。乍闻影去，懒谈乡酒，此恨何哉。

醒来西岭悬孤月，谁已半门开？凭桥问柳，又归渔馆，愁字中来。

2017 年 10 月 31 日

七绝·赴塞班途中

展翼追风逛宇间，平明已越万重山。

顺天遥看乡关月，一夜诗心落塞班。

2017 年 09 月 22 日

七绝·游吴哥

神工鬼斧近千年，万里长城共比肩。
微笑高棉垂佛目，终生一悟报禅田。

2017 年 09 月 13 日

东风第一枝·夜宿蚌埠有感

　　月上西楼，叶梢入静，鸟归藏在檐后。北疆空忆春来，河边犹怜香藕。夜来闲走，朦胧间、寂挥长袖。乍风起、一只孤鸿，乱惹岸边重柳。

　　七月天、江淮独走。访故人、思君如酒。淮中名宦联枝，蚌埠辉煌如骤。灯游红绿，银花开、满城新秀。待过了、今夜时分，再将此城猜透。

2017 年 07 月 24 日

高阳台·重庆失利有感

　　江水滔滔，风声坠晚，九天初月如弧。绿影环城，灯光幻若奇途。山城七月情怀远，叠峰峦、直让云孤。一天星，玉亮妆穹，细辨还无。

　　已耕多载倾心地，欲行多伤感，愤笔无书。千里襟怀，未能画入宏图。而今叹尽朱颜老，万般愁、唯有呜呼。怕归来，父老嘲眉，羞水成湖。

2017 年 07 月 22 日

水调歌头·有感于第一艘
国产航母下水

　　驶向大洋上，出鞘露寒光。试看万里江天，不再锁悲凉。犹若云涛仙子。更似天神利器。纵去亦无疆。豪气冲霄汉，四海保安康。

　　浪花里，未寂静，少彷徨。三千好景，何如故里旧池塘。不用沉思美酒，满目惊涛骇浪。依然醉潇湘。安问英雄意，壮士亮银枪。

2017 年 06 月 22 日

沁园春·伟业颂

大翼垂云，苍宇抟鹏，再赴新征。看中枢令下，千帆竞发，东方号起，万骏齐腾。仁泽邻邦，福臻远域，一带缤纷一路荣。安危鉴，且磨枪铸铜，紧握长缨。

前途万象峥嵘。共圆梦、神州肇复兴。正擎旗破阵，领航操舵，劈波斩浪，激浊扬清。家国繁昌，江山富丽，十亿苍生奔大明。宏猷壮，竞埋头撸袖，指日功成。

2017 年 05 月 21 日

七绝·一叶春秋

世路盘旋接九天，沉浮何必问流年。
大千自在春秋里，一叶声中一味禅。

2017 年 04 月 29 日

踏青游·清明

　　初雨清明，寒味细听人早。懒披袄、又闻晨鸟。故乡行，祭先祖，旧情难少。车悄悄。烟雨尽头渺渺。轻踏野塘初草。

　　举目新茔，时事几般难料。念逝客、魂飞已杳。任丹心，凭此念，引吭低啸。直相告。丈夫纵图未了。回首寂然还笑。

2017 年 04 月 05 日

离亭燕·台湾

　　丽岛江山如画。风流向谁潇洒？水色碧天何时断，却是秋光悬挂。纵是百花洲，也自浑然难姹。

　　人去客帆高架。犹叹彩虹横跨。多少旧愁成往事，尽入渔夫闲话。举杯望层楼，明月无言西下。

2017 年 03 月 12 日

七绝·冬夜咏梅

翠影丹心一处开，暗香浮动上楼台。

夜来撩得书生恨，八百诗情入古怀。

2016 年 12 月 31 日

朱马子·中秋怀古

　　中秋上西楼，扶栏远望，灿星无絮。见明月照我，知我此刻，游心如旅。任想往昔峥嵘，篁声似水，慢流成序。听辈出英雄，瞬然间，弹尽千年风雨。

　　向此生追忆，将霜鬓发，锦途难驭。聊凭万篇诗句。才解丝丝忧虑。夜夜病酒成歌，几番心乱，无奈江河去。南柯一梦，再与周公叙。

2016 年 09 月 15 日

五律·秋月感怀

秋漫三更夜，霜飞野菊寒。

孤觞邀月饮，长铗对空弹。

征雁声方远，旅途人未还。

剑鸣惊鬼魅，入鞘一身闲。

2016 年 08 月 28 日

图书在版编目（CIP）数据

代雨东诗词三百首 / 代雨东著 . -- 北京：作家出版社，2019.9
ISBN 978 – 7 – 5212 – 0619 – 7

Ⅰ . ①代… Ⅱ . ①代… Ⅲ . ①诗词 – 作品集 – 中国 – 当代
Ⅳ . ①I227

中国版本图书馆 CIP 数据核字（2019）第 137038 号

代雨东诗词三百首

作　　者：代雨东
书名题字：唐国强
责任编辑：李宏伟
特约编辑：欧阳碧初　李　渊
装帧设计：申晓声
出版发行：作家出版社有限公司
社　　址：北京农展馆南里 10 号　　邮　　编：100125
电话传真：86 – 10 – 65067186（发行中心及邮购部）
　　　　　86 – 10 – 65004079（总编室）
E – mail: zuojia@zuojia.net.cn
http://www.zuojiachubanshe.com
印　　刷：三河市兴博印务有限公司
成品尺寸：145 × 210
字　　数：88 千
印　　张：9.875
版　　次：2019 年 9 月第 1 版
印　　次：2019 年 9 月第 1 次印刷
ISBN 978 – 7 – 5212 – 0619 – 7
定　　价：50.00 元